www.tredition.de

AF198304

André Link

Infantin Elster

Urraca von Zamora

www.tredition.de

© 2017 André Link

Verlag: tredition GmbH, Hamburg

ISBN
Paperback: 978-3-7345-7368-2
Hardcover: 978-3-7345-7369-9
e-Book: 978-3-7345-7370-5

Printed in Germany

André Link

Infantin Elster
Urraca von Zamora

Roman

Foemina mente dira
Soror hunc vita expoliavit
Iure quidem dempto
Non flevit fratre perempto

Die Schwester, eine arge Frau,
nahm ihm das Leben und
in ihrer Ruchlosigkeit
weinte sie nicht (einmal) um ihn

Inschrift am Grabmal von König
Sancho II. im Kloster von Oña

Die Suche

Als Treffpunkt hatte ich die *Plaza Mayor* vorgeschlagen: Zentraler geht es nicht. Dennoch kam sie eine halbe Stunde zu spät. Aber wir waren in Spanien, und warum sollen Mediävisten da pünktlicher sein als ihre Landsleute?

Ich vertrieb mir die Zeit, indem ich an meinem übersonnten Restauranttisch sitzend an einem Sherry nippte und das Treiben auf der *Plaza* beobachtete. Um die Reiterstatue Philipps III. flimmerte es golden und purpurn. Unter ständigem Aufklappen seines roten Holzschnabels suchte da ein exotisches Vogelwesen in einem Aufzug aus bunten Federn und Pailletten den Passanten ein paar Münzen zu entlocken. Die obligaten lebenden Statuen fehlten natürlich nicht. Vor dem Gebäude der *Panadería* am nördlichen Ende der *Plaza* wippten Kostüme von Matadoren und Flamenco-Tänzerinnen an Kleiderbügeln. Ob die Abzocker allerdings erwarteten, dass die Touristen diese kauften oder sich ihnen ablichten ließen, war aus der Ferne nicht zu erkennen.

Dann fiel es wie eine Gewitterwolke in den strahlenden Maitag: Lidia Pidal war aufgetaucht. Eine große, magere Person in einem schlichten gelben Schneiderkostüm, das eine gewisse Vornehmheit andeutete. Die brüsken Bewegungen ließen allerdings ein fahriges Wesen erkennen. Sie nahm Platz und sagte:

„Entschuldigen Sie die Verspätung. Warten Sie schon lange?"

„Ach, nicht der Rede wert. Ich dachte, die *Plaza Mayor* ist ein guter Ort, um sich in der Mittagszeit zu treffen, und essen kann man ja auch hier …"

Sie nahm ihre Sonnenbrille ab (wobei unübersehbar war, dass sie reichlich Wimperntusche verwendete) und überflog das bunte Treiben aus argwöhnisch zusammengekniffenen Augen. „Sehr touristisch, das Ganze, aber wenigstens geht es schnell."

„Haben Sie es eilig?"

„Ach, wissen Sie, ein bisschen Zeit wird man sich in der Mittagspause schon nehmen können." Sie war bereits beim Studieren der Speisekarte. Ziemlich überflüssig bemerkte ich: „Auf dem Tagesmenü ist Salat oder Suppe, Fisch und ein Nachtisch."

„Nehmen Sie das? Gut, ich auch. Dann geht es wenigstens schnell."

Wir schwiegen, bis die Getränke kamen. Ich genehmigte mir ein Viertel Weißwein, sie trank Mineralwasser. Sie nahm zuerst einen hastigen Zug, dann schüttelte sie ihr glattes, brünettes Haar zurück, in dem eher chaotisch einige hellere Strähnen flirrten, und fragte: „Was interessiert Sie so sehr an Doña Urraca?"

„Oh, es ist doch eine sehr interessante Persönlichkeit. Und von einiger Bedeutung in der spanischen Geschichte."

„Das ist sie. Ich hoffe nur, wir meinen dieselbe Person. Der Name Urraca war ja nicht selten im asturisch-kastilischen Königshaus. Am bedeutendsten war ihre Nichte, die Nachfolgerin ihres Bruders Alfonso VI., die eigentlich die erste regierende Königin Kastiliens war."

„Ach."

„Und dann gab es noch ein Jahrhundert später eine Infantin Urraca, wegen der Königin Eleonore von England im Alter von über achtzig Jahren die Pyrenäen überquerte, um sie mit dem französischen Thronfolger zu verheiraten. Allerdings fiel ihre Wahl nicht auf Urraca, sondern auf deren Schwester Blanca, die dann die Frau von Ludwig VIII. und Mutter von Ludwig dem Heiligen werden sollte."

„Na ja, wer will schon eine Frau heiraten, die nach einem schwarzen Vogel benannt ist."

Mein einfältiges Lächeln tat sie mit einem strengen schwarzumwimperten Blick ab. „Elster sind schlaue Tiere, die sich nicht für dumm verkaufen lassen."

„Natürlich. Natürlich." Der Reissalat kam, den ich gar nicht so übel fand. Hals und Kinn vorstreckend, pickte sie wie ein großer Vogel darin herum. „Mexikanisch, wie?"

„Kubanisch, glaube ich."

„Hm". Wieder kniff sie die Augen zu. „Also, was interessiert sie an Doña Urraca? Wollen Sie über sie schreiben?"

„Vielleicht. Zuerst will ich Erkundigungen einziehen. – Darum habe ich Sie ja kontaktiert, Señora Pidal. Und ich bin Ihnen wirklich dankbar, dass Sie sich die Zeit genommen haben …"

Sie winkte unwirsch ab, dann wischte sie sich mit der Serviette ein Reiskorn von ihrem zappeligen Kinn. „In der Tat, sie war eine starke Persönlichkeit. Sie hat ihre Epoche geprägt wie kaum eine Frau des Mittelalters. Und doch kommt sie in den Augen der meisten Historiker nicht sehr gut davon."

„Weil sie ihren Bruder ermorden ließ?"

„Das ist nicht erwiesen. Aber es stimmt, sie ist über die Maßen verteufelt worden. Kein Wunder, denn schließlich haben nur Männer über sie geschrieben."

Dem Reis folgte ein in weißer Sauce schwimmender Fisch, bei dem man unmöglich zu erkennen war, um welche Art es sich handelte. Er war latschig und faserig, die ihn begleitenden Kartoffeln dafür steinhart. Angewidert schmiss Lidia Pidal ihre Gabel hin. „Nicht zu glauben, mit wie viel Dreck man die Arme beworfen hat! In den *Romanceros* der fahrenden Sänger heißt es, sie sei von der anscheinend ungerechten Teilung des Reiches durch ihren Vater so aufgebracht gewesen, dass sie androhte, sie würde ihren Leib dem Erstbesten verkaufen: einem Mauren für Geld, einem Christen unentgeltlich. Historisch gesehen ist das natürlich barer Unsinn, denn immerhin gab ihr Vater ihr Zamora und die Oberaufsicht über sämtliche Klöster des Reiches."

Grimmig leerte sie ihr Glas, und die Kellnerin, die sich von hinten näherte, wies sie in hartem Ton an:

„Bringen Sie den Nachtisch, wir haben nicht viel Zeit."

„*Flan* oder Torte, Señora?"

„Torte." Und, zu mir gewandt: „Genau wie die inzestuöse Beziehung zu ihrem Bruder Alfonso, die man ihr unterstellt. Das hat sich irgendein obskurer Schreiberling aus den Fingern gesogen. Ein Muslim, das sagt bereits alles."

Die Torte war widerlich süß, mein Gegenüber vertilgte sie dennoch, wenn auch mit einem unverhohlenen Ausdruck des Widerwillens. Ich wagte einzuschieben: „Und ihre Liebe zu *El Cid* …"

„Vorgebliche Liebe! Spinnereien und Spekulationen, männliche Voreingenommenheit und eine Inkompetenz, die jeder Beschreibung spottet! Da gibt es nicht wenig gerade zu rücken. Worum ich mich mein Leben lang bemüht habe." Sie funkelte mich wütend an, wie um jeden Widerspruch im Keim zu ersticken – wovor ich mich natürlich wohl hütete. „Es hat mir den Ruf einer fanatischen Feministin und - Sektiererin eingebracht."

„Nein!"

„Jawohl, jawohl. Doña Urraca von Zamora ist in der Geschichte sozusagen noch ein unbeschriebenes Blatt, und nur weil ich mich bemühe, Licht in die Dunkelheit zu bringen, fallen meine Herren Kollegen über mich her und behandeln mich wie ein schwarzes Schaf. Sie haben keine Ahnung, wie engstirnig und gehässig es bei den sogenannten Intellektuellen zugeht!"

„Doch, doch", sagte ich. „Ich war schließlich Journalist."

„Und jetzt wollen Sie über sie schreiben! Ja, warten Sie wenigstens, bis ich mit meinen Recherchen zu Ende bin!"

„Nichts lieber als das. Ich hoffe nur, Sie werden mir einen kleinen Einblick in Ihr wissenschaftliches Werk gestatten ..."

„Nun, mein Lieber, Sie werden Augen machen, das kann ich Ihnen versprechen."

Erneut hielt sie nach der Kellnerin Ausschau. „Auf den Kaffee verzichte ich. Den können wir irgendwo trinken, wo es etwas weniger laut und ordinär zugeht."

„Äh, ja …"

Nachdem ich hastig die Rechnung beglichen hatte, stiefelte ich Lidia Pidal nach, die in weit ausholenden Schritten die *Plaza Mayor* hinter sich brachte.

*

Einen Kaffee wollte sie dann doch nicht, stattdessen kaufte sie auf der *Plaza de Oriente* eine Büchse Cola, die sie in wenigen gierigen Schlücken leerte. „Aah! Das habe ich gebraucht. Wissen Sie, was Koffeinhaltiges hätte ich jetzt nicht vertragen."

Ich nickte, verständnisvoll wie ein chinesischer Philosoph. Vor der Nachmittagshitze, die sich wie eine bleierne Haube über die Stadt gesenkt hatte, suchten wir zwischen den Büschen und barocken Statuen des Parks Schutz. Lidia Pidal saß zurückgelehnt auf ihrer Steinbank, knabberte am Bügel ihrer Sonnenbrille und sah mit starren Blicken zum königlichen Palast hin. Ihre Gedanken schienen jedoch ganz woanders zu weilen.

Schließlich kehrte sie in die Realität zurück. Einen Moment sah sie einer verschleierten Frau zu, die ihr pausbäckiges und kulleräugiges Kind mit Schmalzgebäck vollstopfte, dann sagte sie: „Wie gesagt, ich bitte Sie nur, mit dem Schreiben zu warten, bis etwas Konkretes auf dem Tisch liegt. Ich arbeite Tag und Tag. Keine auf das Mittelalter spezialisierte Bibliothek, kein Archiv, keins von Urracas Klöstern, wo ich nicht wie eine Wühlmaus wüte … Aber es muss etwas zum Vorschein kommen, das kann ich beschwören … es muss einfach!"

In ihren Augen war ein seherisch-schwelgerischer Glanz, und der Sonnenbrillenbügel knirschte förmlich unter ihren Marderzähnen. Ich überließ sie ihren verstiegenen Gedankengängen und blickte zum Palast. Von der Almudena-Kathedrale bis zum Gitterwerk des Eingangs wand sich – mit einem S-förmigen Knick in der Mitte – eine endlose Besucherschlange. Aber schließlich ist der *Palacio Real* als Touristenmagnet einer der wenigen unumgänglichen Hotspots der spanischen Hauptstadt.

Das Schnauben neben mir verriet, dass die Wühlmaus wieder am Wüsten war. „Gut", sagte sie und tastete mit den Zehen nach ihren Pumps, die sie abgestreift hatte. „Ich halte Sie per Mail auf dem Laufenden. In der Zwischenzeit können Sie ja versuchen, Ihrer Heldin rein physisch näher zu kommen. Fahren Sie nach León, wo sie begraben ist, nach Zamora, wo sie residierte. Zamora ist reizend – noch nicht überlaufen und vom Massentourismus pervertiert wie andere unsägliche Orte, wo sich die Besucher drängen, ohne selbst zu wissen warum. Und León ist allemal einen Abstecher wert. Ich empfehle Ihnen den *Parador*, anscheinend der schönste Spaniens. Etwas teurer als normale Hotels, aber die Atmosphäre ist einmalig, und man isst und logiert dort vorzüglich."

„Ja", sagte ich. „Eigentlich wollte ich dort schon immer hin."

„Dann tun Sie es jetzt. Wie gesagt, sollte ich etwas in Erfahrung bringen, melde ich mich bei Ihnen."

„Das wäre wirklich riesig nett von Ihnen."

„Versteht sich von selbst." Lidia Pidal schulterte ihre Hängetasche wie einen Ritterschild, kniff die Augen zusammen und riss meine Hand mit männlich-hartem Griff an sich, bevor sie sie ebenso resolut wieder losließ. „Und jetzt entschuldigen Sie mich, ich muss weiter."

*

Vom Bahnhof von León aus spazierte ich, meinen Rollkoffer hinter mir herziehend, durch die Grünanlagen an den Ufer des Bernesga zum *Parador*, bis mich eine altertümliche Steinbrücke wissen ließ, dass ich diesen erreicht hatte. Selbst wenn man darauf vorbereitet war, verschlug einem die Pracht des ehemaligen Kosters des Santiago-Ordens den Atem. Die platereske Überfülle der Außenfassade schien ein weitläufiger, gefliester Platz widerzuspiegeln, aus dem einem tagsüber Wasserspiele und nachts Lichtspots entgegensprangen. Wanderte man durch die zum Teil verglasten Kreuzgänge, zwischen damastbezogenen Sesseln, unter wabenförmig in Holz und Stein skulptierten Decken und unter den entrückten Blicken von Heiligen und Putten, mochte man sich wie ein Ordensgroßmeister oder etwas bescheidener wie ein blasierter Tourist vorkommen. Vielleicht aber fragte man sich bloß, was all dieser Prunk mit christlicher Bedürfnislosigkeit zu tun hat. Davon konnte man allenfalls etwas in der angebauten Kirche San Marcos spüren, wo wunderschönes Holzgestühl von der Empore aus das hoheitsvoll von einem Kreuzgewölbe überspannte Kirchenschiff überblickt.

*

Es war noch ziemlich früh, und, da man seine Höhepunkte der Vorfreude wegen möglichst hinauszögern soll, wanderte ich zunächst in die Altstadt. Hier war natürlich in erster Linie die Kathedrale mit ihren leuchtenden Glasfenstern bemerkenswert.

Als ich wieder hinauskam, prasselte mir ein orkanartiger Platzregen entgegen. Wahre Kaskaden schlugen herab, vor denen verzagte Touristen unter Arkaden und Markisen Schutz suchten. Als der Regen etwas nachließ, stapfte ich waghalsig durch die über das Straßenpflaster flutenden Bäche und landete in einem Restaurant, das mit seinen als Bücher-Attrappen tapezierten Wänden sehr einladend aussah. Triefend und benommen, bestellte ich *„Rape"*, weil ich annahm, dass sich hinter diesem Wort irgendein wohlschmeckender Fisch verbarg. In Begleitung einer knackigen Salats sollte sich der gegrillte Seeteufel, den ich sonst eigentlich nicht besonders schätze, als Delikatesse herausstellen.

Der Regen hatte aufgehört, und so konnte ich gutgelaunt meine Streifzüge fortsetzen. Im *Palacio de los Condes de Luna* erfuhr ich, im Rahmen der örtlichen Geschichte, einiges über Leóns Könige, all die Fernandos, Sanchos und Alfonsos, deren lange Reihe auf die westgotischen Herrscher zurückgeht. Ihr Ruhm, auf den Spanien noch heute stolz ist, gründet hauptsächlich in den Befreiungskriegen mit den Mauren, weshalb sich die christlichen Könige von Asturien und später von Kastilien-León auch selbstbewusst den Kaisertitel zulegten. Mit diesem Kapitel war ich bereits früher, in der mythischen Höhle von Covadonga und, während nebenan Präsident Aznar nach seiner gebügelten Hose rief, im *Hotel de la Reconquista* in Oviedo sowie in den reich ausgemalten frühchristlichen Kirchlein im Umkreis der asturischen Hauptstadt in Berührung gekommen.

*

Abends stöberte ich im Internet nach weiteren Details über Sanchos, Alfonsos und Urracas. Zu Urraca Fernández, Herrin von Zamora, gab es ein paar summarische Biographien und ein oder zwei Romane, deren devoter Ton und salbungsvolle Dialoge an Schwülstigkeit kaum zu überbieten waren. Detaillierte Sachbücher über die Prinzessin waren Mangelware, zumeist tauchte sie nur als Nebenfigur in spezialisierten Wälzern zu ihrer Epoche und ihrer Dynastie auf. Natürlich stieß ich immer wieder auf die *Profesora* Lidia Pidal, anerkannte, wenn auch nicht unumstrittene Kapazität auf dem Gebiet der spanischen Mittelalterforschung. Aus der Liste ihrer Veröffentlichungen, in Form von Büchern und Artikeln, zu schließen, hatte sie aus der Infantin Elster ihr Lebenswerk gemacht. Ihr - ausufernder - Blog hätte in Deutschland von akademischen Titeln gestrotzt. Hier aber auf ihrem gewohnten Terrain konzentrierte sie sich auf das Wesentliche und verteidigte, nicht gerade wissenschaftlich objektiv, dafür mit umso mehr

Leidenschaft, ihre Sache gegen die Angriffe ebenso wenig objektiver und genauso verbissener Kritiker.

Das alles ließ ich mir durch den Kopf gehen, während ich, während mir vom Bildschirm noch die durchdringenden schwarzumwimperten Späherblicke der Señora Pidal folgten, zum Fenster trat und meine schmerzenden Augen über das Uferried des Bernesga streifen ließ.

*

Endlich war er gekommen, der Höhepunkt meiner Reise: Ich näherte mich der Grablegestätte des Hauses Jiménez. Uralte Steine am Straßenrand kündigten ihn an, Überreste des Palastes, in dem Doña Urraca einen Teil ihrer Kindheit verbracht hatte. Dann verwies auf der linken Seite ein Schild auf etwas, was man leicht übersehen hätte: die Basilika des heiligen Isidor, 1063 von den Eltern der Infantin geweiht, nachdem sie zuvor eine Kirche Johannes des Täufers gewesen war.

Das Museum hatte gerade erst geöffnet. Die Dame an der Kasse händigte mir ein Informationsblatt auf Englisch aus. Das nahm ich etwas widerwillig entgegen. Es gab aber nichts Besseres: Man nimmt ja kaum an, dass Ausländer die Landessprache beherrschen, und in allen Ländern der Erde pflegen die deutschen Übersetzungen grundsätzlich ein unverständliches Kauderwelsch zu sein.

Ich stieg zuerst in die Schatzkammer im Obergeschoss hoch. Hier sah man den mit Silber und Gold verzierten Reliquienschrein, in den man nach der Überführung aus Sevilla die Gebeine des heiligen Isidor gebettet hatte. In einer Vitrine glitzerte einer der zweihundert Kelche, die weltweit als heiliger Gral gelten: der Achatbecher, den die gottesfürchtige Urraca der Kirche schenkte – 1063, dem Jahr, in dem ihr Vater Fernando I. die Aufteilung seines Reiches unter seinen Kindern beschloss, die sich als so verhängnisvoll erweisen sollte. In Gold gefasst, schmückt sich der kostbare Kelch mit edlen Steinen aus dem Besitz der Prinzessin. Er gehört zu den wertvollsten Besitztümern des Museums.

Nun war es endlich soweit, dass ich meine Schritte ins Erdgeschoss, ins Pantheon der leonesisch-kastilischen Könige, lenken konnte. In mildem Halbdunkel leuchtete mir von den romanischen Gewölben die naive Vitalität der Wandmalereien entgegen, die das Gotteshaus zur „Sixtinischen Kapelle der spanischen Romanik" machen. Das pikturale Programm entspricht dem mozarabischen Ritus, der erst gegen Ende des elften Jahrhunderts durch die Liturgie von Cluny abgelöst wurde. Gabriel bringt Maria die frohe Botschaft, ein weiterer Engel verkündet den von bizarren Tieren umgebenen Hirten von Bethlehem das Wunder der Geburt Christi. Zur linken Seite flieht die Heilige Familie nach Ägypten, die unschuldigen Kinder Bethlehems werden niedergemacht, Jesus feiert mit seinen Jüngern das letzte Abendmahl, um dann in der letzten nördlichen Szene seine Passion zu erleiden. Vor der alles beherrschenden Glorie

des Pantokrators in der Mitte, den die vier Evangelis-
ten (drei mit Tierköpfen) verherrlichen, rückt der
apokalyptische Christus der Parusie eher demütig ins
Düster einer Seitennische.

Während ich die aufwändig verzieren Kapitelle der
Kryptabögen bewunderte, schob sich eine Besucher-
gruppe aus Schülern und ihren Begleitpersonen
heran. Ich hätte mich gerne angeschlossen, aber die
Museumsangestellten hatten es ja anders beschlossen. So begnügte ich mich, hinter einer Säule stehend
heimlich dem Kommentar der Fremdenführerin zu-
zuhören, die unsere Aufmerksamkeit beredt auf die
pittoreske Darstellung der Monate mit ihren jeweili-
gen Feldarbeiten lenkte.

In mystischem Halbdunkel ging das *Panteón* in einen
Kreuzgang über, dessen romanische Kapitelle von einer erstaunlichen Schöpferkraft zeugen. Dazwischen
befinden sich die Grabsteine von 23 Mitgliedern der
Königsfamilie: nackt und unauffällig, da während
des Napoleonischen Feldzuges französische Soldaten

ihren Mutwillen an den Grabstätten ausgelassen und sie jeglichen Schmucks beraubt hatten.

Wo Urraca und die Ihren ruhen, kann man heute nicht mehr sagen. Eine ernüchternde Tatsache, hätte da nicht irgendeine fleißige Hand einige Inschriften aus dem Lateinischen übersetzt und in prosaischem Spanisch an die Wand geheftet. Angestrengt beugte ich mich vor, um die Würdigung der beiden Töchter Fernandos I. entziffern zu können. Elvira, die Jüngere, von der Weltgeschichte kaum Beachtete, wird als „Zierde Spaniens", „Tempel der Frömmigkeit", „Wahrerin der Gerechtigkeit", „Ehre des Vaterlands" und gar als „strahlender Stern" gepriesen.

Urraca, die „Königin von Zamora", nennt man hingegen schlicht den „Ruhm Spaniens". Irgendetwas war da schief gelaufen, es fragte sich bloß, was?

Ich konnte nur hoffen, dass es mir gelingen würde, den Widerspruch zu lösen.

*

Ausgehauen ist die Stadt

Wie aus dem Felsen

Der ihr anliegt wie ein Panzer.

Dick wie eines Mannes Länge

Ist die Dicke ihrer Mauern

Und die Türme dieser Mauern,

Ihre Türme aufzuzählen

Foderte wohl einen Tag.

So hat Herder in seinem Gedicht über den *Cid* Zamora beschrieben. Noch heute umgürtet ein Mauerring von drei Kilometern die Altstadt. Von der Wehrhaftigkeit der Verteidigungsanlagen kann man sich zunächst keinen Begriff machen, wenn man von den Bus- und Zugbahnhöfen kommt, von denen aus Geschäftsalleen bis zum *Parque Marina* verlaufen.

Dort beginnt die Altstadt, und erst ab dort eröffnet sich der Charme des liebenswerten leonesischen Provinzorts.

Um ihn voll zu genießen, muss man auf einen *Mirador* vor einer der Kirchen treten und auf den Duero hinabschauen. Dann erst sollte man hinuntersteigen, langsam und bedachtsam, damit einem nichts entgeht. Am Fluss entlang kann man über den *Paseo fluvial* flanieren und die Stille der schilfbewachsenen Ufer genießen, bis einem der grimmige steinerne Panzer der Stadtmauer Einhalt gebietet. Wie mit ihm verschmolzen, wachsen wuchtige Quadern aus dem Fels, nach oben, wo sie ihre schlank- verjüngten Parapete in den Himmel stoßen. Und erst jetzt, wo man sich seufzend zurücklehnt, wird man sich bewusst, dass man im Mittelalter angekommen ist.

Das alles gilt es erst zu verkraften. Kaum bin ich im *Parador* abgestiegen (weniger prunkvoll, aber viel wohnlicher als der von León) lasse ich meine Augen vom Zimmerfenster aus über den Swimming Pool zum Ziegeldach von San Cipriano schweifen, auf dem ein Storchenpaar seine Jungen füttert. In roten Terrassen steigen Dächer und mit Storchen bestückte Türme zum Duero hinab, der, Olivenmühlen sowie Kaninchen- und Menschenfresserinsel *(Isla de los Conejos, Isla de los Antropófagos)* umrundend, gemächlich und herrschaftlich vorbeizieht. Was für eine Sicht!

In einer solchen Stadt kann man nicht im Hotelzimmer hocken. Rasch stürze ich an der Bar einen Imbiss mit einem örtlichen *Cava* hinunter, dann reißt mich schrilles Plärren und Quäken von meinen Schinkenkroketten. Draußen zieht eine Fronleichnamsprozession durch die Stadt. Karnevalsfiguren nicht unähnliche riesige Popanze hüpfen in einem Wirbel von Fahnen, Bändern und weiten Röcken. Weiß- und schwarzgekleidete Kommunionkinder begleiten sie, viel frohgestimmtes Volk und natürlich die Musikanten. Die Oboen (so interpretiere ich sie) quieken wie in Panik geratene Schweine, und zu diesem nie variierten Rhythmus drehen sich mehr oder weniger junge Tanzpaare im Folkloredress. Der Rhythmus lässt nichts als ein Schwenken des Oberkörpers von einer Seite auf die andere zu; die Arme drehen sich mit und notgedrungen auch in jeder Hand zwei wie zum priesterlichen Segen emporgehobene Finger.

Ich warte, bis sich der Haufen verlaufen hat, dann schreite auch ich zur Kathedrale hin. An das Gotteshaus, das eine Schuppenkuppel mit wie Bienenstöcke angeklebten Türmchen haubenartig überwölbt, lehnt sich ein zeitgenössisches Häuschen, das Werke des Bildhauers Baltasar Lobo (ein Sohn der Stadt) beherbergt. Etwas unterhalb des Kathedralvorplatzes durchbricht das älteste Stadttor, die *Puerta del Obispo*, die Stadtmauer. Mit ihm verwachsen ist ein uralter Bau, den man *Casa del Cid* nennt. Hier wohnte nicht nur Rodrigo Díaz de Vivar, der *Cid Campeador*, sondern auch Doña Urraca und die Familie ihres Haushofmeisters und Erziehers, Arias Gonzalo.

Nach einem letzten bewundernden Blick ins Flusstal erscheint es angebracht, durch die sie umgebenden

Grünanlagen zur Burg hinzuschlendern. Die Mauren und König Fernando I. haben sie erbaut, später hat auch seine Tochter Urraca hier residiert, als ungekrönte *Reina de Zamora*. Viel ist von den ursprünglichen Anlagen nicht erhalten, da sie im Lauf der Jahrhunderte immer wieder ausgebaut wurden. Man kann aber, nachdem man den Burggraben überschritten hat, über die grasbestandenen Böschungen spazieren und auf die Türme steigen. Links geht der Blick zu den bewaldeten Hügeln im Westen der Stadt, zur rechten Seite sieht man eine der ältesten Stadtkirchen, San Ildefonso, und gleich daneben das Tor, durch das sich am 7. Oktober 1072 gebückte Gestalten stahlen, um König Sancho II. hinterrücks niederzustechen.

Je nach Sichtweise wird das Tor die „Pforte des Verrats" oder die „Pforte der Treue" genannt. Denn um den Mord an Sancho zu rächen bzw. die Ehre der Stadt wiederherzustellen (so besagt es jedenfalls die Legende), standen sich im Jahr 1073 (wahrscheinlicher jedoch 1072) in einer Art Gottesurteil auf dem

Campo de la Verdad, das inzwischen unterhalb der Ringmauern im städtischen Bauperimeter untergeht, als *Campeón* des gemeuchelten Herrschers Don Diego Ordóñez und als Vertreter des geschmähten Zamora die Söhne von Arias Gonzalo gegenüber. Die Gonzalos fielen, die Frage, wer an dem Mord die Schuld oder Mitschuld trug, blieb unbeantwortet.

Im Leben kommt eben alles auf die Sichtweise an.

*

Mir blieb nur noch der Montag, um Zamoras weitere Sehenswürdigkeiten zu erkunden. Montags aber sind in der ganzen Welt die Museen geschlossen, und selbst am Dienstagmorgen erwies es sich, dass die Zeiten, an denen die hübschen romanischen Kirchlein, die überall in der Stadt verstreut sind, geöffnet sein sollen, eher vagen Versprechungen als tatsächlicher Realität entsprachen. Ziemlich unverrichteter

Dinge nahm ich Abschied von der Schönen am Duero, die mich vom ersten Augenblick an in ihren Bann geschlagen hatte.

In Madrid wollte ich noch in den *Retiro*, weil ich in Madrid immer in den *Retiro* gehe. Das seit meinem letzten Besuch erstaunlich modernisierte Archäologische Museum hatte aber so viel zu bieten, dass es nicht mehr dazu kam. Es reichte gerade, rechtzeitig die U-Bahn nach Barajas zu nehmen, um meinen Abendflug noch zu erreichen.

Das erste, was ich zu Hause tat, war Lidia Pidal zu mailen, wie überwältigt ich von meinem Aufenthalt in León und vor allen Dingen Zamora gewesen war, über Urraca aber nicht sonderlich viel in Erfahrung gebracht hatte. Ob sie in ihren Recherchen irgendwie weitergekommen war?

Auf meine Mail kam keine Antwort. Ich hatte ein Buch herauszugeben, dann kam ein kurzer Krankenhausaufenthalt, dann war es Sommer, und ich war mit anderen Dingen ausgelastet. Señora Pidal meldete sich erst im Herbst, aber dann mit einer Nachricht, die mich elektrisierte: In einer Klosterbibliothek, die sie mir aus nicht weiter erläuterten Gründen nicht nennen wollte, war sie auf eine Handschrift gestoßen, die von Doña Urraca selber stammte. Ja, selbst wenn sie es zuerst nicht fassen konnte, auf den lose übereinander liegenden Pergamentblättern, die eine verstaubte Ledermappe unbestimmten Alters vor der Verwitterung bewahrt hatte, erstattete die Prinzessin einen umfassenden Bericht über ihr Leben. Ein Bericht, der zwar etwas lückenhaft war, weil hin und wieder eine Seite fehlte (oder von unbekannter Hand entfernt worden war?), einige Stellen unleserlich oder schwer verständlich waren und der Anfang durch Witterungseinflüsse stark beschädigt war. Im großen Ganzen aber gewährte diese Autobiographie sensationelle Einblicke in Urracas Innenleben, ja, ließ ihre gesamte Persönlichkeit in einem völlig neuen Licht erscheinen.

Mit der ihr eigenen Gründlichkeit hatte meine Korrespondentin sich sofort daran gemacht, die auf Altkastilisch, mit einzelnen Passagen in Latein, Galizisch-Portugiesisch oder Altfranzösisch, verfasste Handschrift in modernes Spanisch zu übersetzen. Danach würde sie den Text mit Kommentaren und Randbemerkungen versehen und zu gegebener Zeit herausgeben.

Allerdings, erste Reaktionen der Fachwelt, mit der sie Fühlung aufgenommen hatten, rieten der Señora, mit äußerster Vorsicht zu Werk zu gehen – hatten sich doch bereits Stimmen gemeldet, die die Echtheit des Dokuments rundweg anzweifelten. Dass die Herren Gelehrten nach der Veröffentlichung wie eine Meute wütender Hunde über sie herfallen würden, das war Lidia Pidal klar, sie war aber fest entschlossen, ihre Infantin „mit Zähnen und Klauen" zu verteidigen.

Über ein Jahr hörte ich nichts mehr in dieser Sache. Ich hatte Doña Urraca beinahe vergessen, als Lidia Pidal sich erneut meldete. Unumwunden vertraute sie mir an, dass es ihr gar nicht gut gehe. Zwar hätte der Text, dessen Übersetzung sie Tag und Nacht beansprucht hatte, sie in eine Art Trancezustand versetzt, die Umstände der beabsichtigen Veröffentlichung und die vorauszusehende Rezeption durch die Spitzen der Mittelalterforschung hätten aber bei ihr gleichzeitig tiefste Niedergeschlagenheit ausgelöst. Erbittert zitierte sie einige der Stimmen, die, noch ohne eine Zeile des Dokuments zu Gesicht bekommen zu haben, es vehement kritisierten. Jean-Jaques Mauregard, der nicht weniger als tausendzweiundvierzig mittelalterliche Kalbslederseiten auf Herz und Nieren und nach den letzten wissenschaftlichen Erkenntnissen analysiert hatte, behauptete steif und fest, beschriebenes Pergament könne unmöglich neunhundert Jahren trotzen, ohne unleserlich zu werden, Professor Hector Méndez Ortega de Moranda y Alcaraz zweifelte keinen Moment daran, dass das Werk eine „schamlose" Fälschung war, Carlos Kunzinger verkündete vollmundig, die Geschichtswissenschaft habe das Kapitel Urraca von Zamora längst abgeschlossen, Neues sei da auf keinen Fall zu erwarten, Juan Armando Izbarra meinte, eine spanische Infantin hätte sich kaum in der Vulgärsprache, sondern höchstens in züchtigem Latein ausgedrückt, und Dr. Dr. Hermion Patterson, der man nun wirklich keine männliche Voreingenommenheit nachsagen konnte, spöttelte, man könne gespannt sein, wie die verehrte spanische Kollegin der Mediävistik sich wieder einmal auf ihre Weise profilieren werde.

Man merkte, die spanische Kollegin rang zwischen Hoffnung und Zweifel und wusste nicht ein noch aus. Gleichzeitig ersah ich aus ihrer elektronischen Mitteilung, die ganze Seiten füllte, wie sehr es sie drängte, ihre Entdeckung mit anderen zu teilen.

Ihre Bemerkung, mein reges Interesse für die Infantin habe sie berührt, und sie würde mir eventuell die

Übersetzung in der „ersten Rohfassung" schicken, vorausgesetzt, ich verspräche ihr „hoch und heilig, sie in keiner Weise zu veröffentlich oder zu verwerten", rief in mir höchste Spannung und Erregung hervor. Unverzüglich antwortete ich mit der Bitte, mir so schnell wie möglich den Text zu senden.

Der traf – man sah, wie die Señora noch immer zögerte und zweifelte - nach einer Woche ein.

In einer ausgedehnten Einleitung erläuterte sie zunächst umständlich, dass sie, um einen archaischen, schwer verständlichen Habitus zu vermeiden, sich erlaubt hatte, stellenweise moderne oder sogar etwas salopp klingende Wendungen zu gebrauchen. Ich dürfte mich daran nicht stoßen, sondern sollte mich ganz auf den Inhalt konzentrieren. Und der, gestand sie, hätte sie so aufgewühlt, dass sie sich in psychiatrische Behandlung hätte begeben müssen.

Arme Lidia Pidal! Stand sie kurz vor einem Nervenzusammenbruch, wenn nicht, was bei solch hochgradig nervösen Naturen ja nicht auszuschließen wäre, vor einer unüberlegten Kurzschlusshandlung (etwa einem Selbstmord)? Wie auch immer, ich war auf die Enthüllungen mindestens genauso versessen wie die Übersetzerin und überließ Señora Pidal kaltblütig ihrem Schicksal. Nachdem der Drucker die Printfassung ausgespuckt hatte, tauchte ich in die mittelalterliche Welt der Infantin Elster ein.

Doña Urraca Fernández, Infantin von León und Kastilien, Herrin von Zamora, sprach nach neun Jahrhunderten zu mir, als säße sie mir Auge in Auge gegenüber.

Der Fund

… nachdem er also seinen Bruder García von Pamplona in der Schlacht von Atapuerca besiegt hatte (wobei mein Herr Oheim unglücklicherweise sein Leben verlor), wandte sich unser Herr König Fernando kirchlichen Angelegenheiten zu. Dies war dringend notwendig, da sich viele Geistliche in ungebührlicher Weise bereichert hatten, sich der Unmäßigkeit oder gar der Unzucht hingaben (nicht wenige lebten im Konkubinat mit Weibern zweifelhaften Rufs), Waffen trugen und auch sonst unserer Mutter Kirche nicht zur Ehre gereichten.

Auf dem Konzil von Coyança wurden die Klöster der Regel des heiligen Benedikt unterstellt. Um fürderhin unliebsame Auswüchse zu vermeiden, unterstanden die Äbte jetzt den Bischöfen, und diese hatten als alleinige Autorität den Heiligen Vater in Rom sowie, als seinen Stellvertreter, den König. Wie Cipriano, Bischof von León, dem damals noch törichten und unwissenden jungen Ding, das ich war, erklärte, war hiermit das alte westgotische Recht, das noch auf die Germanen zurückging, außer Kraft gesetzt, und die segensreiche Ausstrahlung des Ordens von Cluny konnte sich uneingeschränkt entfalten.

Diese Dinge beschäftigten meinen Vater, ich aber begnügte mich damit, dem Wiedersehn mit meiner Familie mit großer Freude entgegenzusehen. Mein Ziehvater Arias gab mir zur Eskorte seine Söhne Rodrigo, Diego und Pedro mit. Sie, meine Milchbrüder und Spielgefährten, nahmen meinen weißen Zelter in ihre Mitte, und so zog ich mit all den Ehren, die einer Königstochter zustehen, in León ein.

Auf der Treppe vor dem Palast hieß mich Graf Pedro Ansúrez, der seit kurzem das Amt eines Hofkämmerers bekleidete, willkommen. Hatte ich gehofft, meinen Vater zu sehen, so war es zunächst meine Mutter, die mich zur Begrüßung herzlich in die Arme schloss.

Das gütige runde Gesicht Doña Sanchas von León wiederzusehen trieb mir eine heimliche Träne ins Auge. Um mich vor dem rauen Wind zu schützen, der Lindenblätter über den Innenhof wirbelte, zog sie mich rasch ins Innere des Schlosses. „Komm, Tochter, wärme dich auf und trinke einen Glühwein. War die Reise nicht zu anstrengend?"

„Aber nein", beteuerte ich und sandte suchende Blicke um mich. Die hohe Person des Vaters war noch immer nicht zu sehen. „Der König, hoffe ich, ist wohlauf."

„Gewiss doch. Uns allen geht es gut."

„Ich fürchtete schon …", stammelte ich und biss mich in die Zunge. Wie wollte ich das, was ich mich beschäftigte, in Worte fassen? Eine Weile suchte ich nach einem passenden Übergang, dann vermochte ich mich nicht länger zurückzuhalten und platzte heraus: „Da ich doch bereits neunzehn bin und … und da dachte ich, Ihr lasset mich kommen, um mit mir über einen möglichen – Ehemann zu sprechen."

Ich musste feuerrot geworden sein, denn meine Mutter nahm meine Hände, sah mir direkt in die Augen und lachte laut. „Das, liebe Urraca, eilt doch nicht. Euer Vater wollte seine Kinder um sich haben, um mit ihnen das freudenreiche Fest der Geburt Mariens zu feiern. Prinzen gibt es genug, das werden wir doch zu gegebener Zeit den richtigen für dich finden. – Jetzt aber komm und sag deinen Geschwistern guten Tag."

Sie waren alle da. Sancho stolzierte in seinem Harnisch herum, als sei er eigens für ihn erfunden worden: Der schimmernde Stahl spiegelte seine Genugtuung wider, endlich ein Mann und Streiter Christi zu sein. Meine Wange im Schwesterkuss gegen die Haarbüschel reibend, die um sein herrisches Kinn kräuselten, murmelte ich: „Gut siehst du aus, Bruder. Man sieht, dass dir die Sonne Kastiliens bekommt. – Aber du, García, dünkst mich etwas blass und mager. Stimmt es, dass es dort oben pausenlos regnet?"

García rümpfte seine Nase, die er nach wie vor spitz und knochig hoch in die Luft steckte. Mit dünner, tonloser Stimme sagte er: „Nur, wenn Cresconio predigt. – Aber macht nur ruhig das nordische Klima herab! Hier unten verweichlicht euch die Sonne, aber Galizien bringt noch wahre Männer hervor."

Viel geschwollenes Geschwafel von einem Dreizehnjährigen, aber García war schon immer so gewesen. Bischof Cresconio hatte viele Verdienste - die Mauern von Compostela hatte er verstärkt und so die Wikinger erfolgreich zurückgeschlagen, als Grabstätte des heiligen Jakobus hatte er seine Stadt zum apostolischen Sitz erklärt, wofür ihn der Papst prompt exkommunizierte -, aber den legendären Hochmut meines Bruders zu brechen war selbst diesem angesehenen Prälaten nicht gelungen.

Achselzuckend wandte ich mich von dem fahlen Knaben ab. Kein Zweifel, von der *ars ridendi* hatten meine ältesten Brüder nicht viel mitbekommen.

Gott sei Dank aber war da noch Alfonso. Der Schalk blitzte noch immer aus seinen meergrünen Augen, und während meine Finger liebevoll sein Knabengesicht umfassten, konnte ich mich davon überzeugen, dass das rotgoldene Haar, das ihm bis auf die Schultern lockte, sich weich wie das Fell eines neugeborenen Sierra-Böckleins anfühlte.

„Alfonsito, wie groß du geworden bist! So kräftige Arme, so starke Beine … du bist ja fast schon ein Mann!"

„Zwölf", trumpfte Alfonso auf, schlang seine Arme um meine Taille und hob mich hoch. „Und so ein Leichtgewicht wie dich kann ich allemal hochstemmen. Geben sie dir nichts zu essen in Zamora? Oder willst du für deinen Zukünftigen zart und mager bleiben?"

„Still, du Schlingel! Und lass mich sofort wieder auf die Erde, hörst du!"

Ich scherzte und alberte noch eine Zeitlang, aber in mir war eine seltsame Rührung aufgewallt. *Puer dulcissimus!* Ich hätte ihn endlos bewundernd ansehen können. Ja, solange sie in diesem Alter sind, gehören sie uns, aber sobald ihnen der Bart sprießt, schütten sie den Wein in sich hinein, klirren in Eisen und Stahl herum und laufen anderen Frauen nach.

So wie die Gonzalo-Brüder, die, in ihrem Bemühen, nicht als Provinzlümmel zu gelten, sich um die Hofdamen scharten und ihnen Süßholz ins Ohr säuselten.

Es war aber noch ein Junge im Raum, der, wie ausgeschlossen von den gezierten Galanterien, sich scheu zurückhielt. Eher klein und mager von Gestalt, mochte er elf oder zwölf sein. Unter seinem grünen Samtwams vermutete man einen sehnig gestählten Körper, und hob er einmal den Kopf, den er demütig gesenkt hielt, leuchteten durch das tief in die Stirn fallende braune Haar gewitzte graue Augen.

„Und wer bist du, junger Mann?", fragte ich. Er antwortete, ernst und selbstbewusst: „Rodrigo Díaz de Vivar, auch Ruy genannt. Euer Vater, edle Dame, war so gütig, mich an den Hof zu holen."

Rodrigo Díaz kam aus der ländlichen Gegend am Fluss Ubierna, der für seine Mühlen bekannt ist. Als mein Vater vor einiger Zeit durch diese verlorene Ecke seines Reiches kam, wurde er von dem Grundherrn Don Diego Laínez empfangen, ein Adliger, der den Rang eines kastilischen Richters innehatte. Der Edelmann ließ den König seine prachtvollen Obstbäume bewundern.   Anerkennend stapfte Don Fernando durch das kniehohe Gras und schaute zu den von Birnen und Pflaumen prangenden Zweigen hoch. Ein Krachen, er sah auf und bemerkte einen Knaben, der keck im Gezweig herumturnte.

„Du", rief der König, „pass auf, dass du nicht herunterfallst!"

„Mein Sohn Rodrigo", stammelte der betretene Diego Laínez, „ein richtiger Wilder, mögen Eure Kaiserliche Majestät verzeihen ..."

Der König war amüsiert. „Lasst, mein Guter. Er ist eben ein Junge ... Du, mein Sohn, kannst du mir eine Pflaume herunterwerfen, ohne dir den Hals zu brechen?"

„Ihr bekommt die allerschönste!", schrie Rodrigo, holte aus und ließ eine pralle Frucht ins Gras plumpsen, direkt vor die Füße meines Vaters.

Womit sein Glück gemacht war und der König ihn stehenden Fußes mit an den Hof nahm.

*

Beim Mahl im großen Saal bekamen wir endlich unseren Vater zu Gesicht. Breit und behäbig, in all der Würde seines mittlerweile grauen Bartes und seines königlichen Ornats, erklärte Don Fernando die

Gründe, warum er uns kommen ließ. „Ihr, meine Kinder, seid meine Erben. Darum ist es nur natürlich, dass ihr von all den Angelegenheiten des Reiches wisst, für das ihr einmal die Verantwortung tragen werdet."

Die Betonung des Wortes „wir" ließ uns aufhorchen. Seinen Becher hebend, setzte Don Fernando den neuen *Rioja* an und legte uns zunächst die kirchlichen Reformen auseinander, die für die Zukunft des christlichen Europas so bedeutend zu sein schienen. Außer mir faszinierte das aber lediglich García, der bekanntlich jeden Tag seine dürren Knie vor dem Grab des heiligen Iago wund scheuerte. Der unentwegte Beter hatte aber noch ein Anliegen: „Da Eure Majestäten sich jetzt Kaiser von ganz Spanien nennen – werden wir dann weiterhin den Titel Infant und Infantin tragen?"

„Aber natürlich, mein Sohn. Mach dir mal keine Sorgen. Ein Titel ist ein weltlich Ding, die königliche – oder kaiserliche – Würde aber muss von innen heraus kommen. Sicherlich muss diese gefestigt sein. Darum auch werde ich den Norden, den ich dir zum Wohnsitz erkoren habe, so sichern, dass du nichts zu befürchten hast."

Erneut wurden wir hellhörig. Der König kam jetzt auf die *taifas,* die maurischen Fürstentümer, zu sprechen, die seit dem Zerfall des Kalifats von Córdoba dem König von Kastilien-León tributpflichtig sind. Don Fernando kraulte seinen Bart und murmelte: „Die Mauren beginnen, aufsässig zu werden. Die Zahlung ihrer *parias* zögern sie immer mehr hinaus. Ich habe den Verdacht, dass Al-Muqtadir, der König von Zaragoza, sie aufhetzt."

„Der falsche Hund!", empörte sich Sancho, und García, in sein vertrautes Galizisch verfallend, raunte: *„Os moros são todos crianças do diabo, todos."*

Doña Sancha schüttelte betrübt ihr Haupt. „Und dafür hat unser Herr, ehe er glorreich von den Toten auferstand, sein Blut vergossen."

„Dass diese ungläubigen Hunde ihren Spott mit uns Christen treiben", beharrte Sancho, „dagegen, mein Herr Vater, muss man doch etwas unternehmen!"

Der König setzte erneut seinen Becher an und spielte gedankenverloren mit dem Rubin an seinem Goldring. „Sei unbesorgt, mein Sohn. Das werde ich, das werde ich ganz bestimmt."

*

Von meiner Schwester Elvira habe ich noch nichts gesagt. Zwar lag sie damals, im Jahr des Herrn 1055, nicht mehr in den Windeln, aber sie war doch noch ein kleines Plapperwesen, das nur an Puppen und Reisbrei dachte. Kindlich war sie, und kindlich ist sie bis heute geblieben.

So sprach sie während meines Aufenthalts in León von nichts als meiner Garderobe und fragte mich dauernd, ob ich im Sommer wirklich Baumwolle trage, die ich mir eigens aus Sevilla kommen ließ.

Mit maurischem Zuckerwerk, Datteln und Granatäpfeln ließ ich die Plaudertasche zurück, als wir anderntags in den *Páramo* hinausritten. Die kalten Winde hatten sich gelegt, und mild flimmerte die Sonne über dem Torío, den die glasig-rosa Schuppen emsiger Forellen durchschossen.

An den Flussufern schossen die Pferde meiner Brüder und der Gonzalo-Söhne sowie mein ungestümer Schimmel. Die Jungen staunten nicht wenig, dass ich mich nicht abhängen ließ, sondern dem lahmen García und dem verträumten Alfonso eine Viertelmeile vorausgaloppierte. Nur Sancho, der seinem Braunen gnadenlos die Sporen gab, erreichte den Palast eher als ich. Unter dem Portal reckte er seinen feisten Nacken und sah, während seinem Pferd der Schaum von den Nüstern spritzte, triumphierend mich hinter ihm in den Hof einreiten. „Ja, Schwester", sagte er, „du magst Pythagoras rezitieren, mit Pfeilen schießen und mit Falken auf die Jagd reiten, aber das macht noch keinen Mann aus dir."

Ich zog es vor, keine Antwort zu geben, und glitt von meinem Pferd. Rodrigo Díaz, der dicht hinter mir geblieben war, half mir aus dem Steigbügel. Während meine Finger die seinen berührten, stand er da und verzog keine Miene, sondern, das Haar in der Stirn, die Augen gesenkt, trat ehrfürchtig zurück.

Der König und die König erschienen, um uns zu begrüßen. Dabei wandte sich Don Fernando belustigt an Doña Sancha und sagte: „Nun, mein Gemahl und Hausfrau, stellt sich unser Ruy nicht recht artig an? Was meinst du, sollen wir den kleinen Wildfang vom Ubierna nicht unserer Urraca zur Gesellschaft als Page mitgeben?"

*

Da meine Ziehbrüder bereits erwachsen waren und zwei von ihnen sogar schon verheiratet, fand mein Vater es für angebracht, dass ich das Haus von Arias

Gonzalo verlassen und mich oberhalb im Palast von Zamora niederlassen sollte. Den hatte der König in den letzten Jahren komfortabel ausgestattet und mit allen erdenklichen Annehmlichkeiten - Wandteppichen, Fensterbänken und der praktischen neumodischen Einrichtung, die man „Kamin" nennt - versehen.

Hier residierte ich nun als Stellvertreterin des Königs und Herrin von Zamora. Mit Hilfe von Arias Gonzalo, der das Amt des *Alcaide* ausübte, arbeitete ich mich methodisch in alle administrativen und juristischen Fragen ein, die die Stadt und ihre Umgebung betrafen. Ich sorgte dafür, dass die Markttage und die kirchlichen Feiertage eingehalten wurden, dass die Verteidigungsanlagen unterhalten und die Wachdienste befolgt wurden, dass die Bannmühlen Korn und die Olivenpressen Öl produzierten. Auch die Abgaben zu überwachen oblag mir, und so verfolgte ich mit wachsamen Augen, wie Artischocken, Pilze und *Chorizo*, Wolle und Holz, Fleisch und Fisch, Wein aus Arribes, Linsen aus Tierra de Campos, Kichererbsen aus Fuentesaúco und Kirschen aus Jerte die Vorratskammern füllten.

Besonders lag mir der Ausbau der Kirchen am Herzen. Arias sagte einmal im Scherz, ich könnte, wenn ich wollte, an jedem Tag in einer anderen Kirche beten, und ganz falsch war das nicht. Zwei Gotteshäuser in unmittelbarer Nähe der Burg waren meine Lieblingskinder: San Salvador, das ich reich ausstatten ließ, da ich hoffte, dass einmal ein Bischof hier einziehen würde, und die alte westgotische Kirche Santa Leocadia, die ich einem anderen Heiligen (etwa San Ildefonso) zu weihen gedachte.

In meiner Schlosskapelle hatte ich das kostbare Gefäß untergebracht, das mir meine Mutter bei meinem Abschied von Zamora geschenkt hatte: ein Kelch, der bereits im Besitz der asturischen Könige gewesen war und mit dem, wie man sagt, unser Erlöser das letzte Abendmahl gefeiert haben soll.

In welche Kirche ich diesen Schatz einmal überführen würde, wusste ich noch nicht, auf jeden Fall musste sie aber seiner würdig sein.

Als Statthalter der *Comarca* Zamora kam von Zeit zu Zeit Pedro Ansúrez vorbei, um nach dem Rechten zu sehen. Er war mir allezeit willkommen, brachte er mir doch Nachrichten von meinen Eltern, vom Treiben am Hof und von meinen Geschwistern, die gemäß der Verfügung Don Fernandos an so verschiedenen Ecken des Reiches erzogen wurden. Sancho gedieh in Burgos, wo er anscheinend ein recht loses Leben führte, García wuchs (nicht sehr gefügig) in Compostela unter der Fuchtel von Bischof Cresconio auf, Elvira war seit kurzem mit ihren Puppen und ihren Hofdamen nach Toro gezogen. Nur Alfonso hatte das Glück, in der Nähe unserer Eltern in León bleiben zu dürfen. Allerdings war er in den Bischofspalast übergewechselt, wo ihn der ehrwürdige Raimundo in alle Feinheiten des *Trivuum* und *Quadrivuum* einweihte. Zuvor hatte mein Bruder einige Jahre bei den

Mönchen von Sahagún verbracht. In dieser ehrwürdigen Umgebung saugte der gelehrige Kleine neben den Grundbegriffen der lateinischen Sprache eine Frömmigkeit ein, die ihm fortan in Fleisch und Blut übergehen sollte. Aber auch in den ritterlichen Künsten, die nun einmal jeder Knabe aus besseren Kreisen beherrschen muss, zeigte er ausgesprochene Gewandtheit .

Dasselbe konnte man von Rodrigo Díaz sagen, den man mir als Pagen zugeteilt hatte. Es lag auf der Hand, dass ihm Fechten, Ringen und sogar Reiten mehr lag als mir. Aber ich war ja eine Frau, wenn auch eine, die fest entschlossen war, nicht hinter den Männern zurückzustehen und mir in allen Fertigkeiten, die als dem starken Geschlecht zugehörig angesehen werden, keine Blöße zu geben.

So reichte mir Rodrigo die Pfeile, die ich auf Scheiben schoss, und den Falken, mit dem ich zur Jagd ritt. Damit begnügte er sich aber nicht. Er schob mir ein

Treppchen unter die Füße, wenn ich in meine Kutsche stieg, er hielt mein Gebetbuch, wenn es zum Gottesdienst ging, und unaufgefordert bemächtigte er sich des Wein- oder Wasserbechers, den die Mundschenke hereinbrachten, um ihn eigenhändig – und sehr ehrerbietig – vor meinen Teller zu stellen. Manchmal kam er mir wie ein Hündlein vor, das in seiner Anhänglichkeit nicht von der Seite seiner Herrin weichen will. Und doch - die Gesellschaft dieses wortkargen, eigenbrötlerischen und in allem geschickten Jungen genoss ich und gewöhnte mich immer mehr an ihn.

*

Mein Vater machte sein Vorhaben wahr und rüstete sein Heer. Es galt, die südwestlichen Grenzfestungen auszubauen und die portucalische Grafschaft, dort wo sie die Mauren an sich gerissen hatten, zurückzuerobern. Auf ihrem Weg am Duero entlang kamen die Truppen in Zamora vorbei. Es kostete einige Mühe, den ganzen Tross in unseren Mauern zu beherbergen, aber irgendwie schafften wir es doch. Sancho befehligte zum ersten Mal ein Armeekontingent, was seine in Stahl gekleidete Brust herkuleisch anschwellen ließ. Auch Alfonso war da, wirkte aber ziemlich kleinlaut. Auf dem Ritt von León her hatte er sich dermaßen erkältet, dass er sich kaum auf den Beinen halten konnte. Besorgt befühlte ich seine Wange, die im Fieber glühte. „Du musst ins Bett, kleiner Bruder. In dem Zustand kannst du unmöglich in den Krieg ziehen."

Da sah auch unser Vater ein, nicht aber Sancho, der gehässig durch die Zähne zischte: „Ja, jetzt, wo es ums Ganze geht, drückt sich der kleine Alfonsito natürlich."

„Du weißt doch, dass es nicht meine Schuld ist", schnüffelte Alfonso unglücklich.

„Natürlich nicht", sagte unser Vater. „Du kannst ja nachkommen, wenn es dir besser geht. Und García, der bereits in Vigo ist, wird dich würdig vertreten."

Für Alfonso war das kein Trost. Noch, dass Sancho eigenmächtig eine Entscheidung traf, die uns alle überraschte, gegen die wir aber keinen Einwand wagten. Er verkündete: „Rodrigo Díaz ist jetzt vierzehn. Höchste Zeit, dass er nicht länger in Weiberröcken herumhängt, sondern seinen Mann steht. Ich nehme ihn als Knappen mit."

Einen Augenblick setzte mein Herzschlag aus. „Er ist doch noch so klein, dass er deinen Schild nicht tragen kann, geschweige denn ..."

„Ich überfordere ihn schon nicht, Schwester", fiel mir Sancho ins Wort. „Wird ihm gut tun, sich erstmals Kriegslärm um die Rotznase wehen zu lassen."

Rodrigo war Feuer und Flamme, glaubte sich aber bemüßigt, mich zu trösten: „Edle Frau, ich werde mich nicht unnötig einer Gefahr aussetzen. Wenn ich zurückkomme, bringe ich Euch die kostbarsten Perlen Arabiens mit. Und Seidenschals, soviel Ihr wollt."

Sanchos Männer klopften sich grölend auf die Schenkel. „Nun hört euch einmal den kleinen Bauchpinsler an (*Anmerkung von Lidia Pidal: freie Übersetzung*). Wie der rangeht, das wird ja ein ganz Schlimmer."

Auch Sancho lachte lauthals, dann zerrte er mit rohem Griff meinen gewesenen Pagen mit. „Los, an die Arbeit, Bürschchen. Das Pferd will gestriegelt, die Rüstung poliert werden. Du kümmere dich um unseren bedauernswerten Invaliden, Schwester. Ich bringe dir keine Seidenschals mit, aber ich verspreche dir, ich lege dir mindestens zwanzig Maurenköpfe zu Füßen."

*

Vom höchsten Söller des Palasts sah ich die Truppen in einer langen bepanzerten und bewimpelten Kolonne hinausziehen. Dem Bannerträger Diego Ordóñez hinterher, ritt mein gnädiger Herr und König an der Spitze, dann kam massenweise klirrender und blitzender Stahl, dann das Mittelfeld unter Bruder Sancho mit stolz gelüftetem Visier und leuchtender schwarz-roter Schabracke, ihm zur Seite, bemüht, auf seinem Schecken mitzuhalten, der tapfere kleine Rodrigo.

Das alles stampfte über die Zugbrücke, dass die Bohlen dröhnten, großmächtig, vielgliedrig und doch eine einzige männlich-kriegerische Bewegung. Als die von ihm aufgewirbelte Staubwolke den Haufen meinen Blicken entzog, trat ich zurück.

Alfonso war so gekränkt (und auch so betrübt), dass er nicht mehr aus dem Bett herauskam. Ich eilte zu ihm, mit dem Absud aus Malve und Salbei, die ich

mit meinen Damen an den Hängen des Valorio ge-
pflückt hatte. „Trink das, du Ärmster, das wird dir
guttun. Aber Vorsicht, es ist brühend heiß."

Er trank in bemühten kleinen Schlücken. Seine Augen waren verquollen, schweißgetränkt klebten die
hübschen goldenen Locken an der Stirn. Er schnüffelte: „Sie sind weg?"

„Ja, sie sind weg."

„Dem Herrn sei Dank."

Unwillkürlich musste ich lachen. „Ach, Alfonso."

Und, während er angewidert die Tasse von sich
schob, fügte ich hinzu: „Aber ich denke schon, wir
werden uns auch ohne sie die Zeit vertreiben können."

Seufzend fiel er in die Kissen zurück. „Allemal. Wenigstens brauche ich jetzt nicht mehr sämtliche westgotische Könige aufzusagen. Oder sämtliche Flüsse,
die durch dieses blöde vertrocknete Land fließen."

Ich befühlte seine Wange, die noch immer gerötet war. „Geht's dir besser?"

„Na ja, wie man's nimmt."

„Willst du etwas schlafen?

„Den Teufel werde ich. Bleib noch etwas bei mir, Schwester."

„Gut, dann werde ich dir die Brust mir Kampfer einreiben. Das löst den Husten, und es wärmt so schön."

Ich schlug die Bettdecke zurück und begann ihn mit langsamen, behutsamen Bewegungen einzureiben. Seine schmächtige Brust war weiß und zart wie die eines Säuglings. Sanften Druck ausübend, arbeiten sich meine Finger über die Rippen bis zum Bauchnabel vor. Alfonso, halb liegend, halb aufgestützt, sah mich aus ernsten meergrünen Augen an. Jetzt erst bemerkte ich, dass sich unter der Decke Erregung abzeichnete.

Hora praeclara! Dass er schon so groß, so mannhaft war …

Spätestens jetzt hätte ich aufhören müssen. Das tat ich aber nicht. Ich schlug die Decke zurück und …

(Anmerkung von Lidia Pidal: Lücke im Text)

*

Das kommt davon, wenn Eltern ihren Töchtern nicht beizeiten einen Mann suchen. Aber war es meine Schuld? Zur alten Jungfer fühlte ich mich nicht berufen, auch wenn ich auf dem besten Weg dazu war, und ins Kloster wollte ich auch nicht. Was konnte ich dafür, dass die einzigen Männer, an denen mir etwas lag, zu jung oder mein Bruder waren.

Die Hochzeitspläne hatte ich noch nicht aufgegeben. Sicher, König Heinrich von Frankreich und Kaiser Heinrich von Deutschland waren zu alt, ihre Söhne noch nicht im heiratsfähigen Alter. Aber es musste doch noch im nahen oder fernenUmkreis Fürsten geben, und wenn es nur meine Vettern von Navarra oder Herzog Wilhelm von Burgund waren …

Gewiss, in letzter Zeit hatte mich Pedro, der jüngste, noch ledige Sohn von Arias Gonzalo, sonderbar von der Seite angesehen. Konnte es sein, dass ich ihm als Frau gefiel, er sogar gewisse Absichten hatte? Im Rang allerdings stand Pedro weit unter mir. Und ich kannte ihn besser als meine leiblichen Brüder. Wir hatten zusammen Birnen in den Obstgärten geräubert, waren in die Felder und Wälder geritten, und einmal, als wir im Sommer an einem versteckten Plätzchen im Duero badeten, hatten wir uns nackt gesehen, ohne uns allzu viel dabei zu denken, außer dass ich mich davon überzeugen konnte, dass ... (*Lücke im Text*). Nein, diese Verbindung kam für mich nicht in Frage, und ich konnte nur hoffen, dass Pedro bald eine Frau finden würde, die besser zu ihm passte.

Natürlich, sollte ich mich vermählen, wäre ich gezwungen, mein geliebtes Zamora zu verlassen. Es müsste schon eine überaus gute Partie sein, wenn ich dieses Opfer auf mich nehmen sollte.

Dies alles ließ ich mir durch den Kopf gehen, während ich vor dem prasselnden Kaminfeuer saß. Die Winter waren schon lang, aber wenn draußen Schnee die Stadt einhüllte und der Wind um den Bergfried heulte, konnte man es sich mit einem Buch oder einem Stickwerk im Schoß gemütlich machen. Manchmal lud ich eine Gauklertruppe ein oder ich nahm einen fahrenden Sänger auf, um mich und mein Gefolge mit Balladen über König Artus, den Maurentöter Santiago oder den Befreier Pelayo von Asturien zu unterhalten.

Zu Karneval durfte man lustig sein, in der Karwoche in sich gehen, am Erntedankfest mit der Bevölkerung feiern. Ich konnte Hochzeiten beiwohnen, Kinder auf der Taufe heben und bei Hinrichtungen zuschauen. Allerdings war ich als nachsichtige Herrin bekannt, die lieber einen armen Teufel begnadigt, als sich an den Martern zu ergötzen, mit denen man bei uns große und kleine Vergehen ahndet. So hingen in Zamora wenige Sünder am Galgen, aber umso freudigere Farben an den Fahnenstangen.

*

König Fernandos Feldzug war von Erfolg gekrönt. Es gelang ihm innerhalb weniger Monate altes Reichsgebiet am Duero wie die Stadt Lamego zurückzuerobern, und nach zähem Widerstand ergab sich dann auch das benachbarte Viseu. Ein Sieg, der meine Mutter besonders freute, denn ihr Vater, König Alfonso V. von León, war einst bei der vergeblichen Belagerung von Viseu gefallen.

Unser Heer drang jetzt ins Tal des Mondego vor und machte sich daran, das stolze Coimbra zu umzingeln. Noch während sich die Belagerung hinzog, kam die Nachricht, dass König Ramiro von Aragon mit Eroberungsgelüsten die Grenze zu Zaragoza überschritten hatte. Dessen Herrscher Al-Muqtadir war zwar König Fernando nicht sehr freundlich gesinnt, er suchte aber jetzt, indem er sich auf das Lehnsrecht berief, dessen Schutz.

Selbst gegen einen christlichen König konnte mein Vater seinem muslimischen Vasallen die Hilfe nicht versagen. Von Coimbra aus, wo er unabkömmlich war, schickte er ein Heer unter dem Kommando von Sancho nach Osten.

Unterhalb der maurischen Festung von Graus, die Al-Muqtadirs Soldaten verteidigten, stießen die christlich-maurische und die christlich-aragonesische Armee aufeinander. In dem Kriegsgetümmel geriet Sancho in Bedrängnis. Sechs von Ramiros Männern setzen ihm mit ihren Schwertern zu, dann sprengte Rodrigo Díaz herbei und haute seinen Herrn heraus.

Wie man mir später erzählte, war Sancho wie von Sinnen. Keuchend, helmlos, vom Blut seiner Gegner besudelt, ritt er geradewegs auf Ramiro zu und begann in wilder Raserei auf ihn einzuschlagen. Aragons König versuchte sich den wütenden Hieben zu entziehen, da durchbohrte meines Bruders Schwert seine Brust, und er sank röchelnd zu Boden.

Sancho sprang von seinem Pferd und haute Ramiro den Kopf ab. Aragon war geschlagen, und unser war der Sieg.

*

Cingulum militie eidem cinxit. Sancho mochte viele Eigenschaften haben, aber Heldenmut wusste er zu schätzen. Immer wieder hatte Rodrigo, den unsere maurischen Verbündeten anerkennend *„El Cid"* nannten, es abgelehnt, in den Ritterstand erhoben zu werden, solange er sich nicht in fünf Schlachten siegreich geschlagen hätte. Das Soll war nicht erfüllt, aber Sancho fand, es sei höchste Zeit, dass sein Schützling und Waffenbruder den Ritterschlag erhielt. Mit beinahe zwanzig Jahren hatte er das dazu erforderliche Alter schließlich bereits überschritten.

Selbst wenn Don Fernando Einwände haben sollte, wie immer überwältigte ihn Sanchos Ungestüm. Er nahm die siegreiche Armee unter großem Gepränge im mittlerweile eroberten Coimbra auf und ordnete auf der Stelle die Zeremonie an.

Dazu hieß er uns alle kommen, die Königin, García, Elvira, Alfonso und mich. Mit sehr gemischten Gefühlen ließ ich mich in einer Sänfte vom Mondego in die Oberstadt tragen. Die exotische Umgebung verwirrte, ja, betäubte mich. Überall Turbane, Krummschwerter, Hufeisenbögen, Arabesken, wabenförmige Decken, *Patios* mit flüsternden Brunnen. Ich befahl, den heidnischen Geist mit Weihwasser auszutreiben, und wappnete mich im Gebet für den darauffolgenden Tag.

Rodrigo hatte, weniger scheu, sich in den maurischen Bädern gereinigt und verbrachte die Nacht vor dem neugeweihten Altar der Alcázar-Kapelle, in einem blütenweißen Hemd, über das man einen purpurnen

Mantel geworfen hatte. Bei Morgengrauen holten ihn die edelsten Ritter des Reiches ab:

Sancho streifte ihm das Kettenhemd über, García die Beinschienen, Alfonso den Helm. Er bestieg den Rappen (eine Blüte des königlichen Marstalles), den die Königin am Zügel zu ihm geführt hatte.

Das Volk winkte ihm zu, während er feierlich von der Bergeshöhe zu der Kirche ritt, die, vor kurzem noch eine Moschee, jetzt der heiligen Gottesmutter geweiht war.

Ich sah, dass Sancho schwer atmete, García noch blasser war als sonst und Alfonso an seinen Fingernägeln nagte. Aber vielleicht verursachte die Erinnerung daran, dass er erst vor wenigen Wochen dasselbe Ritual durchgemacht hatte, diese Erregung.

Vor dem Altar kniend, sah Rodrigo mit gefalteten Händen zu seinem Herrn, dem König, empor. Der schlug ihn jetzt auf die Schulter – nicht allzu hart, wahrscheinlich aus reiner Güte. Später hat man gesagt, der Ritterschlag sei nicht fest genug gewesen und deshalb ungültig. Wie auch immer, keiner – außer vielleicht Alfonsito - hat in seiner Ritterrüstung eine bessere Figur gemacht als mein Ruy *Cid Campeador*.

Die Aufregung schnürte mir die Kehle zu. Ich sah, wie der König den jungen Mann an den Armen zu sich hochzog und ihn auf den Mund küsste. Erst dann reichte er ihm das Schwert. Damit es alle sehen sollten, hob Rodrigo es empor. Das Haar glitt ihm zurück, und man sah, wie seine grauen Augen blitzten. Dann, die Lippen vorgeschoben, ernsten Gesichtes, steckte er sich das Schwert ins Gehänge.

Jetzt war die Reihe an mir. Ich weiß nicht wie, aber irgendwie schaffte ich es, alles hinter mich zu bringen. Vor aller Augen trat ich vor, kniete nieder und legte Rodrigo die Sporen an.

Dann, als feinster goldüberzogener toledanischer Stahl um seine Fersen blitzte, glitt ich wieder empor, wobei mir Rodrigo galant in die Höhe half.   Dann beugte er sich vor und küsste mich ebenfalls auf den Mund.

Mir schwanden die Sinne, aber trotz weicher Knie brachte ich es fertig, nicht zu wanken. Arm in Arm traten wir auf die Kirchentreppe, vor das jubelnde Volk, Don Fernandos weises Kopfnicken, das Lächeln der Königin, Elviras aufgeregtes Zappeln, Sanchos lachenden roten Mund, die eiskalten Augen Garcías und Alfonsos bübisches Schmollen.

Es folgte ein den ganzen Tag dauerndes Turnier an den Ufern des Flusses. Alle meine Brüder brachen selbstbewusst ihre Lanzen, aber ich war es, die dem neugeschlagenen Ritter seinen jungfräulichen grünen Wimpel um den Lanzenschaft binden durfte, und ich war nicht wenig stolz darauf.

*

Rodrigo gehörte mir nicht mehr, er gehörte Sancho. Er trug seine Standarte, befehligte seine Nachhut, passierte seine Truppen Revue. Nach seiner Art sprang Sancho oft grob mit ihm um, demütigte ihn gar vor versammelter Mannschaft. Aber Rodrigo war wie ein Hund, der seinem Herrn die Treue hält, auch wenn er ihn schlägt.

Meine Treue hatte meinem Land zu gelten, meiner Stadt, meinem Vater und meiner Mutter. Dies war meine heilige, mir von Gott aufgetragene Pflicht.

Meinem Vater ging es nicht so gut. Die Mühen des Kriegszuges waren zu viel für ihn gewesen, und er begann sein Alter fühlen. „Das war mein letzter Krieg", seufzte er und zog sich Ruhe suchend in die Burg Cabezón bei Valladolid zurück.

Als Arias Gonzalo mich wissen ließ, wie schlimm es um den König stand, eilte ich unverzüglich nach Cabezón. Meine Damen waren noch nicht von ihren Maulpferden gestiegen, da stürmte ich bereits die Treppe hoch. Vor dem Schlafgemach des Königs fand ich meine drei Brüder mit einigen Edelmännern, darunter Rodrigo Díaz und Graf García de Cabra.

Atemlos stieß ich hervor: „Wie geht es dem König? Lebt er noch?"

„Er schläft", sagte Sancho mit gesenktem Kopf. Ich sah, die Brüder wagten es nicht, mir in die Augen zu sehen. Ich keuchte: „Dann warte ich."

„Da ist unnötig", sagte García. „Wir sind da, wir kümmern uns um ihn."

„Und ich", rief ich, „bin ich nicht auch sein Kind? Ich will auf der Stelle zu ihm!"

Alfonso murmelte: „Beruhige dich. Wenn er aufwacht, rufen wir dich."

„Was hat ihr wieder ausgeheckt?" Ich konnte es nicht fassen. Sie hatten sich alle drei gegen mich zusammengetan, was mich besonders von Alfonso sehr enttäuschte.

Meine Erbitterung wuchs, ebenso meine Erregung. Ich riss mein Kopftuch herunter, dass mein Haar um meine Schultern wirbelte, und schrie ohne jegliche Zurückhaltung: „Ich sehe, ihr habt mich wieder bei ihm schlecht gemacht. Was habt ihr ihm gesagt, was? Oh, was seid ihr doch für Schurken!"

„Beruhigt Euch, Doña Urraca", begann Rodrigo, ich aber ließ mich nicht besänftigen. „Oh, ich Unglückliche! Ehrlos, rechtlos, zurückgewiesen, nur weil ich eine Frau bin. Ich kann genauso gut auf die Straße gehen und mich jedem hingeben, ob Christ oder Maure!"

García verzog angewidert das Gesicht, Sancho kam auf mich zu und ergriff brutal meinen Arm. Mit einer Stimme, die rau vor Wut war, knurrte er: „Das genügt. Zieh dich in die Frauengemächer zurück, bis du wieder Herrin deiner selbst bist."

Mich entwindend, spie ich ihn an: „Lass mich los. Du hast mir gar nichts zu sagen. Und ich will auf der Stelle zu meinem Vater!"

In diesem Augenblick griff Rodrigo ein. Er zog sein Schwert und hielt es Sancho unter die Nase. „Ich denke, Doña Urraca hat ein Recht, ihren Vater zu sehen. Und das sollte ihr keiner nehmen."

Fassungslos brüllte Sancho: „Du Hund, du wagst es, dein Schwert gegen deinen Herrn zu ziehen?"

Ich weiß nicht, wozu es gekommen wäre, wenn sich nicht die Tür geöffnet hätte und das besorgte Gesicht meiner Mutter herausgeschaut hätte. Vorwurfsvoll sagte sie: „Wie könnte ihr so einen Lärm machen, wo euer Vater krank danieder- liegt?"

„Oh Mutter", schluchzte ich, stürmte ins Zimmer und warf mich vor dem Bett nieder. „Oh Vater, sieh deine entrechtete Tochter. Alle sind sie gegen mich, und ich will doch nur zu dir."

Nicht nur ich weinte hemmungslos, auch meinem Vater strömten die Tränen über die welken Wangen. Er streckte mir die Hände entgegen und jammerte: „Ich bin noch nicht im Grab, und schon streitet und zetert ihr. Gütiger Gott, was habe ich getan, um solche Kinder zu haben?"

„Verzeih, verzeih", schluchzte ich, seine Hand mit Küssen überschüttend. „Sie wollten mich nicht zu dir lassen, und ich wollte doch nur sehen, wie es dir geht … Wenn du dich nur erholst, lieber Vater, wenn du dich nur erholst … Dann will ich auch auf alle meine Rechte verzichten, die ..." Erneut wallte Zorn in mir auf, und mit tränenüberströmtem, verzerrtem Gesicht wandte ich mich zu denen um, die in der Tür standen: „die die mir streitig machen wollen."

„Urraca", fuhr meine Mutter dazwischen, „hör auf, ihn zu bedrängen. Dass du dich nicht schämst! Dieses Betragen ist einer Königstochter unwürdig."

„Ach, Mutter, Mutter", schnüffelte ich, auf den Knien vor dem Bett rutschend. „Wenn du in meiner Lage wärst …"

„Steh auf", befahl jetzt mein Vater, dessen Finger hilflos über die Bettdecke irrten. „Du bist nicht entrechtet, noch sind es deine Brüder. Zu gegebener Zeit, und so Gott will, werdet ihr alles erfahren. Und jetzt ..." Ein tiefer Seufzer entrang sich seiner Brust. „...jetzt will ich allein sein."

Wortlos leisteten alle Folge. Die Tür schlug zu. Ich tastete mich zur Treppe, da fasste mich jemand am Arm. Es war Alfonso. Auch er hatte Tränen in den Augen. „Urraca", flüsterte er, „wir sind doch nicht gegen dich. Und ich werde dich nie im Stich lassen, nie!"

„Alfonso, das weiß ich doch." Wir fielen uns in die Arme, und erneut ließ ich meinen Tränen freien Lauf.

*

Mein Vater kam erstaunlich schnell wieder zu Kräften. So als ahne er, dass ihm nicht viel Zeit bleiben mochte, beflügelten ihn große Pläne. Er wollte endlich die Kirche fertigstellen, in der er die Gebeine seiner Vorfahren und die Reliquien seiner liebsten Heiligen beisetzen würde. Aus dem einstigen Ziegelbau war ein stattlicher Tempel geworden, den ein Giebel mit kunstvollen Steinfiguren zierte. Auch im Innern waren die Kapitelle der Säulen mit verschlungenen Ornamenten von Tieren und Pflanzen geschmückt. Die sich kreuzenden Gewölbe sollten später mit Szenen aus dem Alten und Neuen Testament ausgemalt werden. Die Grabmonumente in Kirche und Kreuzgang würden Don Fernandos Eltern und zu einem späteren Zeitpunkt seine gesamte Familie aufnehmen.

Vor den Reliquien der Heiligen Vicente, Sabina und Cristeta, die er aus Ávila hatte überführen lassen, hatte der fromme König bereits seit Monaten stille Andacht gehalten. Dazu kam die Reliquie des Knaben Pelayo, der im Alter von dreizehn Jahren den Märtyrertod starb, weil er angesichts der Bedrängung durch einen muslimischen Sultan seinen Glauben und seine Keuschheit nicht zu opfern bereit war.

Don Fernando aber wollte noch mehr. Er schickte Bischof Alvito von León und Bischof Ordoño von Astorga nach Sevilla, um ihm mit Hilfe von Emir Al-Mutamid die Reliquien der heiligen Justa zu beschaffen. Die fanden die beiden Bischöfe nicht. Nach mehrtägigem Beten und Fasten erschien ihnen aber der heilige Isidor im Traum und führte sie an die Stätte, wo er begraben lag. Ein gar köstlicher Duft ging von den Gebeinen aus, als man sie aus der Erde hob. Sie wurden unter allen möglichen Ehrbezeigungen nach León gebracht und, in einen Silberschrein gebettet, am neu konsekrierten Altar der Basilika San Isidoro beigesetzt.

„Laudemus virginem mater est

Et eius filius Jesus est"

sang der Chor in dreistimmigem Kanon. Der König war so bewegt, dass man ihn stützen musste, als er sich mit wankenden Knien erhob. Jetzt war die Reihe an mir. Meine Mutter hatte mir gesagt, ich könne mein schändliches Betragen wiedergutmachen, indem ich San Isidoro die kostbare Trinkschale, die in meinem Besitz war, darbrachte.

Das achatene Gefäß, das ich mit Gold und Edelsteinen von unschätzbarem Wert einfassen gelassen hatte, stellte ich in einer Seitennische auf. Als ich mich wieder aufrichtete, ruhten die gerührten Augen des Königs und die halb mahnungsvollen, halb ermunternden Augen der Königin auf mir.

*

Unmittelbar nach dem Gottesdienst rief der König uns in den großen Beratungssaal im Untergeschoss des Palastes. Erwartungsvoll, wenn auch mit gemischten Gefühlen hatten wir Geschwister an dem rundem Eichentisch Platz genommen. Etwas beklommen, denn hinter uns saßen Graf Pedro Ansúrez, der inzwischen das Amt des *Mayordomus* versah, sowie ein Schreiber mit Pergamenten und Gänsekiel. Unser Vater thronte, neben seiner Gattin, in der Mitte. Nach

der Feier in der Kirche hatte er seine Krone nicht ab-
gelegt, noch sein Königsornat oder seinen Siegelring,
an dem der große Rubin blitzte. Auch das schien die
Wichtigkeit der Zusammenkunft zu unterstreichen.

Don Fernando sah uns der Reihe nach ernst an, räusperte sich und sagte: „Ich habe euch hier versammelt,
weil ich nicht aufschiebbare Geschäfte zu regeln
habe: meine Nachfolge. Es war schon lange an der
Zeit, dies zu besprechen. Nun, sicher habt ihr euch
manchmal gefragt, warum ich euch in verschiedenen
Teilen des Reiches erziehen ließ. Das hatte seinen guten Grund."

Seine Augen schweiften zu den rautenförmigen Fens-
terscheiben, durch die das Morgenlicht schien, und
richteten sich, über unsere Köpfe hinweg, auf das gewaltige Kruzifix, das ihm gegenüber an der Wand
hing. Er fuhr fort: „Ihr alle seid meine Kinder, und ich
liebe euch alle gleich. Alle sollen ihren Teil bekommen. Niemand soll benachteiligt oder gar entrechtet
sein."

Unmissverständlich galt dies meiner neulichen Entgleisung. Ich senkte den Kopf und lauschte mit geschlossenen Augen der väterlichen Stimme, die laut und bestimmt in den Raum klang: „Kurz gesagt, ich habe beschlossen, das Reich zu teilen. Du, Sancho, mein ältester Sohn, bekommst Kastilien sowie die Lehnsherrschaft über Navarra und Zaragoza. Alfonso wird König von León und Kantabrien und Lehnsherr der *taifa* Toledo. García schließlich, du mein jüngster Sohn, du sollst dort herrschen, wo du aufgewachsen bist: in Galizien, das ja seit unseren jüngsten Eroberungen bis an den Mondego reicht – und die *taifas* von Sevilla und Badajoz begreift."

Wir alle brauchten Zeit, die Nachricht zu verdauen, wir alle schwiegen. Nur Sancho konnte sich nicht beherrschen. Einen Moment sah es aus, als wolle er mit der Faust auf den Tisch schlagen, dann ließ er sie zusammengekrallt sinken und flüsterte: „Das Reich teilen, nachdem es so lange gedauert hat, bis es zusammenwuchs! Das ist ... da ist ..."

Mutter sah ihn streng an. „Dein Vater weiß, was er tut. Lass ihn zu Ende reden, Sancho!"

Wieder sank Schweigen, in das nur das Kratzen des Gänsekiels fiel. Mit feierlicher Stimme fuhr der König fort: „Auch ihr, meine Töchter, sollt nicht leer ausgehen. Du, Urraca, mein ältestes Kind, erhältst die Stadt, die dir lieb und teuer ist: Zamora. Und du, Elvira, bekommst die Stadt Toro, die dir so am Herzen liegt. Überdies – wartet, ich bin noch nicht fertig – überdies sollen meine beiden Töchter die Oberhoheit über sämtliche Klöster des Landes – also Kastilien, León und Galizien – ausüben. Unter der Bedingung, dass sie unvermählt bleiben."

Das Reich geteilt, sämtliche Klöster des Landes, mit der Auflage, ledig zu bleiben. Mich durchliefen abwechselnd Glutwellen und eisige Schauer, und meinen Geschwistern mochte es ähnlich gehen. Niemand sagte ein Wort. Der Schreiber zog eine neue Pergamentrolle hervor, Pedro Ansúrez schaute zu meinem Vater, als warte er einen Befehl ab.

Der König räusperte sich, drehte spielerisch an seinem Ring und sagte dann, als sei es die beiläufigste Sache der Welt: „Dies ist mein königlicher Wille, und daran soll sich nicht ändern. Darum wünsche ich, dass ihr alle, die ihr hier sitzet, auf die heiligen Evangelien schwört, dass ihr mein Vermächtnis einhalten werdet."

*

Der König hatte gesagt, er wolle nicht mehr in den Krieg ziehen. Es sollte anders kommen. Al-Muqtadir, der ewig Widerspenstige, wollte den geschuldeten Tribut nicht bezahlen, ja, ließ sogar einige Christen in Zaragoza aus nichtigem Anlass umbringen. Dies konnte mein Vater nicht durchgehen lassen. Obwohl schwach und kränkelnd, setzte er sich an die Spitze einer Strafexpedition. Nachdem er die *Causa* Zaragoza geregelt und Al-Muqtadir wieder unter seine Oberherrschaft gezwungen hatte, zog er weiter ins Ebro-Tal, wo er Emir Abd-al-Malik ben al- Abd-Aziz al-Mudafar al-Mansur angriff – ein Mann, dessen Name ebenso lang wie sein Charakter wankelmütig war. Don Fernando belagerte die Stadt Valencia, bis der Emir einen Ausfalltrupp entsendete und die Christen an den Fluss Turia zurückdrängte. Nachdem mein Vater die Valencianer bei Paterna geschlagen hatte, kehrte er zur Belagerung von Valencia zurück. Die musste er abbrechen, als ihn erneut Unwohlsein befiel. Don Fernando kehrte todkrank nach León zurück, wo er an Heiligabend des Jahres 1065 die Basilika des heiligen Isidor erreichte.

Mit brüchiger Stimme fiel der bresthafte Herrscher in die Gesänge der Christmette ein, dann ließ er sich in den Palast tragen. Er spürte - anscheinend hatte San Isidoro ihm das im Traum verraten -, dass seine letzte Stunde gekommen war. Am nächsten Morgen kehrte er, mit Krone, Zepter und Königsmantel angetan, in einer feierlichen Prozession von Äbten und Prälaten in die Basilika zurück, wo er nach seinem vertrauten mozarabischen Ritus aus dem Kelch trank und in Gestalt einer dreigeteilten Hostie den Leib Christi empfing. Danach entledigte er sich des weltlichen Prunks, legte ein härenes Gewand an, streute Asche auf sein Haupt und erhielt, nachdem er um die Verzeihung seiner Sünden und die Aufnahme ins Paradies gebeten hatte, die Letzte Ölung.

Fernando I., König und Kaiser, Herrscher von Kastilien, León und Galizien, starb am 27. Dezember im fortgeschrittenen Alter von fünfundfünzig Jahren, nachdem er siebenundzwanzig Jahre und sechs Monate geherrscht hatte. Er wurde an der Seite seines Vaters Sancho III. von Pamplona und Tolosa, seines Schwiegervaters Alfonso V. von León und seines Schwagers Bermudo III. von León in der königlichen Krypta von San Isidoro beigesetzt.

*

Meine Mutter starb zwei Jahre nach unserem Vater. Über seinen Tod war sie nie richtig hinweggekommen, zumal sie alle Entscheidungen ihm überlassen hatte. Und doch verbarg sich hinter ihrem gütigen Lächeln und ihrem scheinbaren Gleichmut ein sehr starker Wille. War sie doch Leóns eigentliche Herrscherin, da Don Fernando als Graf von Kastilien durch sie den Thron geerbt hatte und sich erst die Krone aufsetzen konnte, nachdem er seinen Schwager ausgeschaltet hatte. So war es mit vollem Recht, dass Königin Sancha ihren Ehrenplatz in der Jiménez-Gruft der Basilika von San Isidoro einnahm.

Ihre Kinder hatten jetzt ohne die Eltern auszukommen. Ich hatte genug mit meinen Klöstern zu tun. Nonnen brauchen eine strenge Aufsicht, und ich war entschlossen, keine losen Sitten zu dulden, und sah auch den Äbtissinnen gewissenhaft auf die Finger.

Ich hatte nun drei königliche Brüder. Keiner war mit der Teilung so recht zufrieden gewesen, doch schienen sie das Beste darauf zu machen. Zwar neidete Sancho Alfonso den Kaisertitel, und er fand, dass León bessere Häfen, reichere Bodenschätze und fettere Weiden hatte. Rein gebietsmäßig war ja García das größte Reich zugewiesen worden. Auf die fisch-reichen Gewässer, die Galiziens und Portucales Küsten umspülen, war Sancho, der nun einmal aus Kastilien kein Fischerparadies machen konnte, angewiesen.

Elvira und ich nutzten eine Pilgerfahrt nach Compostela, um García zu besuchen. Der Ansturm der Gläubigen vor dem Altar des heiligen Jakobus überwältigte mich. Ihre Verehrung schien in erster Linie darin zu bestehen, sich anklagend an die Brust zu schlagen und so viel Weihrauch zu verstreuen, dass man kaum atmen konnte. Immer wieder wurde aus Hunderten Kehlen die beschwörende Hymne angestimmt: *„Mui grandes noit'e dia devemos dar porende nos a Santa Maria graças, porque defende os seus de dano e sen engano en salvo os guia."*

Nach dem Aufenthalt in der Kathedrale führte García uns ans Meer. In tiefen Zügen atmete ich die belebende Brise ein, die in scharfem Gegensatz zu dem Mief stand, den Garcías schimmeliges altes Schloss ausströmte. „Darum, Bruder, bist du wirklich zu beneiden. Besonders im Sommer ist es bei uns doch sehr stickig."

Elvira hakte gleich nach, indem sie Garcia bat, ihr doch gelegentlich von den Meeresfrüchten zu schicken, die seine Tafel so reichhaltig deckten.

García lächelte etwas hinterhältig in den Knebelbart, der sein längliches Gesicht noch mehr in die Länge zog. „Gewiss doch, liebe Schwester. Es wird deine Gelage bereichern, die du, wie man hört, am liebsten in männlicher Gesellschaft feierst."

„Woher willst du das wissen?", empörte sich Elvira. „Wo du doch Hunderte von Meilen von Toro entfernt bist."

„Man hat so seine Quellen", murmelte García und ließ seine spitzen Fingerknöchel knacken. „Ihr beide lasst euch ja nichts abgehen. Nach außen fromme Klosterfrauen, im Geheimen aber irdischen Belustigungen durchaus nicht abgeneigt."

Ich sah ihn von der Seite an, dann raffte ich meinen Schleier. „Wir wollen deine Gastfreundschaft nicht über Gebühr beanspruchen, lieber Bruder. Erlaube also, dass wir uns auf den Heimweg machen."

*

García, das nahm ich mir fest vor, würde ich in Zukunft aus dem Weg gehen. Aus schwesterlicher Sorge hatte ich den weiten Weg in dieses nasse Land auf mich genommen, und dann dieser Empfang! Einmal und nie wieder, schwor ich mir hoch und heilig.

Es verdross mich allerdings, von meinen anderen Brüdern so wenig zu hören. Besonders Alfonso fehlte mir. Man denke nur, *fruter umalus et delectus rex et imperator!* Ich konnte es noch immer nicht fassen und wartete jeden Tag auf Nachricht von ihm.

Statt seiner tauchte dann eines Tages Rodrigo Díaz auf. Erbost, dass ich zwei Jahre lang nichts von ihm gehört hatte, empfing ich ihn nicht sehr gnädig. Wie unverschämt auch, dass er sich noch immer so jungenhaft forsch in die männlich-muskulöse Brust warf, während ich in meiner Klausur wie eine unbegossene Sonnenblume dahinwelkte.

„Nun, Rodrigo", versetzte ich barsch, „schön, dich endlich zu sehen. Bringst du Nachricht von deinem Herrn, dem König von Kastilien?"

„Don Sancho, gnädigste Frau, liegt Euer Wohlergehen sehr am Herzen. Und er hofft, dass Euch Zamoras Verwaltungsgeschäfte nicht zu viel werden."

„Ich danke der Nachfrage. Und wie geht es dem König? Man sagt, er wandele auf Freiersfüßen."

„In der Tat, er hat König Wilhelm von England gebeten, ihm eine seiner Töchter zur Frau zu geben."

„Wilhelm, den man den Eroberer nennt? Eidam eines Thronräubers zu werden, das sind ja sehr ehrenhafte Verbindungen! Obwohl, Thronräuber hatten wir selbst genug in der Familie. Männer sind ja wenig verlegen, wenn es darum geht, die Macht an sich zu reißen."

„Ihr seid ungehalten, Doña Urraca."

„Keineswegs. Ein erfrischender Weißer aus unseren Weinbergen, Don Rodrigo? Wie ist es mit meinem Bruder Alfonso? Ist auch er auf Brautschau?"

„Ja, aber er hat die Richtige noch nicht gefunden. Er ist ja noch sehr jung."

„Die Jahre vergehen schnell, Rodrigo. Sehr schnell." Ich blickte durch die Weite des Saals zu einem Storchennest, das sich im Fenster abzeichnete. Dann überwog wieder die Bitternis, und ich wandte mich mit strengem Gesicht zu meinem Gast: „Und du alter Hagestolz hast noch keine gefunden? Man sagt, keiner sei so wählerisch wie du. Einmal ist dir der Adel nicht fein, ein andermal die Mitgift nicht hoch genug."

„Wenn man aus kleinen Kreisen kommt und selbst nichts hat, muss man schon darauf achten."

„Nicht so bescheiden, Ruy de Vivar! Vornehmer können die Kreise, in denen du dich jetzt bewegst, doch nicht sein! Hilft dir Sancho nicht bei der Wahl?"

Er machte ein mürrisches Gesicht. „Don Alfonso hat Doña Jimena von Asturien vorgeschlagen."

„Jimena, die kleine Gans? Die bildet sich doch Gott weiß was darauf ein, dass sie eine Base meiner Mutter ist!"

„Ja, aber zwischen ihrer und meiner Familie besteht eine jahrzehntelange Fehde. Sie haben immer wieder unser Weideland überschritten, und Vieh haben sie uns auch gestohlen …"

„Erspare mir die Details! Als weidest du dich noch an meinem Elend!"

„Ja, aber…"

„Ihr Männer könnt nehmen, wenn ihr wollt, aber wir … wir müssen geduldig abwarten, während über unsere Köpfe hinweg entschieden wird. Von Elvira sagt man, sie laufe allen Männern nach, von mir, ich würde Alfonso heiraten, wenn der Papst nicht dagegen wäre. Ungeheuerlich ist das, ungeheuerlich!" Wütend biss ich mir in den Fingerknöchel. Rodrigo machte eine Geste, als wolle er mir zu Hilfe eilen. Dann ließ er seinen Arm sinken, und ich fuhr mir unwirsch mit dem Ärmel über die Augen. „Aber es ist nun einmal eine Tatsache, dass ich in diesem traurigen Nest hocken muss, weil es meines Vaters Wille war, dass ich nicht heiraten darf."

„Was jammerschade ist, Doña Urraca."

„Wie?"

„Ja, denn ich kenne keine Frau, die schöner ist als Ihr."

Ich starrte ihn an, er, ein bisschen betreten, aber auch trotzig, fuhr fort: „Euer Haar, Doña Urraca, wellt wie eine goldene Quelle, und dieser Glanz wird höchstens noch von Euren wunderschönen blauen Augen übertroffen."

Dies schlug dem Fass den Boden aus. Mich jäh erhebend, rief ich: „Das genügt, Ruy Díaz! Hast du vergessen, dass wir unter einem Dach lebten und ich dir deine Rittersporen anlegte?"

„Wie könnte ich das vergessen?", sagte er demütig.

Ich ließ ihm nicht einmal Zeit, seinen Becher zu lee-
ren, sondern wies ihm mit emporgehaltener Hand
die Tür. „Hinaus, stolzer Kastilier! Geh und putze
deinem Herrn die Stiefel!"

Er leistete ohne ein Wort Folge. Ich blieb und weinte
leise vor mich hin, ob aus Wut oder aus Harm, kann
ich nicht sagen.

*

Der Frieden währte nicht lange. García hatte gerade
noch Zeit, einige Klöster zu beschenken und einige
Kirchen wie die Kathedrale von Tuy zu weihen.
Nachdem er einen Aufstand des portucalischen Grafen niedergeschlagen und so die Herrschaft über
seine südlichen Lande gesichert hatte, kam er sich
wie der Kaiser von Byzanz vor. Dies wollte er auch
nach außen hin zeigen. Wohl aus einer Laune heraus wies er kastilische Kaufleute aus seinem Land.

Die kamen nach Burgos zurück und berichteten Sancho, anscheinend beabsichtige der König von Galizien, seine Häfen den kastilischen Schiffen zu verschließen.

Sancho packte einer seiner berüchtigten Wutanfälle. Er rüstete ein Heer und marschierte nach Galizien. Den Durchzug durch León gestattete ihm Alfonso – oder duldete ihn, aus welchen Gründen auch immer. Wahrscheinlich, so nahm ich an, fürchtete er, der immer vor dem großen Bruder klein beigegeben hatte, Sanchos Zorn könne sich auch gegen ihn richten.

Die beiden feindlichen Armeen trafen auf Galiziens grünen Weiden aufeinander. Durch das Kampfgetümmel erspähte Sancho seinen Bruder auf einem Schimmel inmitten seiner Krieger. Sancho hob sein Schwert, rief „Santiago", gab seinem Streitross die Sporen und galoppierte auf García zu. In der Absicht, ihn anzugreifen, ritten die galizischen Soldaten auf ihn zu und verwickelten ihn in ein erbittertes Handgemenge. In dem Augenblick kamen ihm zweihundert Kastilier, die wie aus dem Nichts auftauchten, zu Hilfe. Angeführt wurden sie von Rodrigo Díaz, dem Unbesiegbaren, und seinem Neffen Álvaro Fáñez, der als nicht minder draufgängerischer Streiter galt.

García hatte nichts mehr zu hoffen und wandte sich zur Flucht. Er kam bis nach Santarem. Dort holten in der *Cid* und sein Neffe ein und brachten ihn nach Porto zu König Sancho. Der entthronte König musste seinem Bruder einen Treueeid leisten und durfte dafür ins Exil nach Sevilla.

Natürlich hat man mich gefragt, warum ich mich nicht für García einsetzte. Nun, nach meinen bisherigen Erfahrungen mit Sancho hielt ich es für besser, mich herauszuhalten. Keinem von uns drei Geschwistern – Alfonso, Elvira und mir – war sehr wohl in unserer Haut. Wir wussten, ein kleiner Anlass genügte, den Wüterich zur Weißglut zu treiben.

Zu Sanchos Krönung im Dom von Santiago de Compostela bin ich nicht gegangen. Alfonso ließ mich wissen, Sancho habe ihm ein Schreiben folgenden Wortlauts geschickt: „Mein Sieg über den galizischen Verräter hat es deutlich gezeigt: Es ist Gottes Wille, dass ich Sancho II., ältester Sohn von König Fernando Jiménez I., als alleiniger König und Kaiser über die Reiche Kastilien, Galizien und León herrschen soll, die durch unglückliche Umstände nach dem Ableben meines Vaters getrennt wurden. Dich, Alfonso, fordere ich auf, deine Krone abzulegen, auf die Herrschaft über León und Asturien zu verzichten und mir als rechtmäßigem Herrscher den Treueeid zu leisten. Solltest du das nicht innerhalb eines Monats tun, werden wir mit unseren Streitkräften gegen dich vorgehen und uns gewaltsam nehmen, was uns nach Gottes Wille zusteht.

Seine brüderlichen Grüße entsendet dir Dein Herr und König, Sancho II. von Kastilien, León und Galizien."

*

Nach einem kleinen Scharmützel in Llantada kam die
Konfrontation bei Golpejera. Die Truppen der feind-
lichen Brüder verkeilten sich ineinander wie wü-
tende Hunde, und rings um das Wegkreuz in der
Mitte des Schlachtfelds färbte sich der Weizen rot von
Blut. Dank des erneut heldenmutigen Einsatzes von
Rodrigo Díaz, der geschworen hatte, er würde lieber
sterben als sich geschlagen geben, trug Sancho den
Sieg davon. Alfonso wurde in Ketten nach Burgos ge-
führt.

Ich eilte dorthin, kaum dass ich die Nachricht erhalten hatte. Bei meinem Hereinstürzen hielt es Sancho,
der, die Krone auf dem Haupt, auf dem Thronsessel
saß, nicht einmal für nötig, sich zu erheben. Er mus-
terte mich, die mit hoch erhobenem Kopf aufrecht vor
ihm stand, und sagte: „Ach, Schwester, gewiss
kommst du, um deinen König und Gebieter zu seinem Sieg zu beglückwünschen."

„Ein König mit dem Kainsmal auf der Stirn ... Wie gedenkst du, Bruder, einst vor deinem göttlichen Richter zu stehen?"

„Als von Gott berufener König, der nur seine Macht sichert, indem er all die ausschaltet, die ihm Übles wollen. Was ist daran so verwerflich?"

Ich war nicht gewillt, mich auf Spitzfindigkeiten einzulassen. Ich reckte meinen Kopf noch höher und sagte kalt: „Und der Eid, den du auf die Evangelien schworst, dass du den Willen unseres Vaters respektieren würdest?"

„Unser Vater, liebe Schwester, war alt und wirr im Kopf. Bei gesundem Verstande hätte er nie gewollt, dass das Reich geteilt und damit geschwächt werde."

Er machte eine Pause, streichelte seinen wuscheligen schwarzen Bart und fuhr dann fort: „García war unfähig zum Regieren, ja sogar unfähig, irgendwelche Entscheidungen zu treffen. Und Alfonso ist ein kleiner Ränkeschmied und auf dem Schlachtfeld sowieso

ein Versager. Dem Reich hat es nur zum Nutzen ge-
reicht, dass ich die beiden Schwächlinge daran hin-
derte, weiteren Schaden anzurichten."

Ich ließ zunächst seine Worte auf mich einwirken, hütete mich aber, ihm zu widersprechen. Statt- dessen
beschloss ich, eine neue Taktik anzuwenden. Ich
schlug die Augen nieder und fragte leise: „Was soll
jetzt mit Alfonso geschehen?"

„Er ist in sicherer Hut."

„Kann ich ihn sehen?"

„Ich wüsste nicht, wozu das gut wäre. Aber sei unbesorgt, deinem kleinen Liebling wird kein Haar gekrümmt." Ein grollender Unterton. „Solange er sich
gefügig zeigt."

„Willst du ... willst du ihn nach Sevilla zu García
schicken?"

„Damit da zwei Quertreiber zusammensitzen und
sich womöglich gegen mich verschwören? Nein!"

Ich hob hilflos die Schultern. „Was vermögen sie gegen dich? Dir untersteht doch die gesamte Kriegsmacht Hispaniens."

„Ein Heer ist schnell auf die Beine gebracht. Der Säumer García ist zwar sehr unbeliebt, aber Alfonso hat noch seine Anhänger." Er verfiel in Grübeln, und mir wurde noch beklommener zumute. Die Stirn in Falten gelegt, das Kinn in die Hand gestützt, murmelte Sancho: „Alfonsito, der Streber, der Neunmalklug ... dein innig geliebter Spielkamerad ... weinst du jetzt um ihm? Für mich, du Herzlose, würdest du keine Träne vergießen!"

Genoss er meine Not, meine Ohnmacht? Wenn es so war, ich würde mich nicht vor ihm herabsetzen. Ich hob den Kopf, sah ihn gerade an und sagte: „Sancho, ich bitte dich nur um eins: Geh nicht als Brudermörder in die Geschichte ein!"

„Nun führe doch kein griechisches Drama auf! Ich bin zum Einlenken bereit. Wenn Alfonso mir Treue schwört. Aber bis jetzt weigert er sich."

„Ich könnte mit ihm reden."

Er schob seine Unterlippe vor und sah mich böse an. „Willst du ihn erneut in deine Bande wickeln?"

„Ich könnte mit ihm reden", beharrte ich, „und du könntest Gnade walten lassen. Er könnte ... er könnte in ein Kloster gehen."

„In ein Kloster, Alfonsito?" Sancho lachte höhnisch. „Na ja, ein Betbruder war er ja immer schon. In San Millán de Cogolla ..."

„... oder Sahagún ..."

„... könnte er in Ruhe darüber nachdenken, ob es wichtiger ist, die Kommunion in beiderlei Gestalt zu empfangen als nur das Brot allein ..."

„Und du hättest auch deine Ruhe."

Es wurde dunkel. Diener zogen die Vorhänge zu und zündeten die Kerzen an. Der im Halbdunkel sitzende Sancho grübelte immer noch, und ich stand noch immer reglos vor ihm. Die Kerzen flackerten, ihr süßlicher Duft wehte zum Fenster, vor dem letzte Schwalben vorbeischwirrten.

Ich wagte einen letzten Vorstoß: „Ich darf also zu ihm?"

„Geh zu dem Messdiener", sagte Sancho. „Geh und versuche dein Glück. Aber ich warne euch: Weigert er sich, seine niedlichen Löckchen scheren zu lassen, wird es ihm übel ergehen!"

*

Im ersten Augenblick starrte ich schockiert auf die kahlen, feuchten Mauern des Verlieses. Dann erhob sich Alfonso mit klirrenden Ketten und warf sich in meine Arme. „Oh, kleiner Bruder, was haben sie dir getan? Geben sie dir zu essen? Hast du kein besseres Licht?"

Alfonso, der seine gewohnte Schnute schnitt, rieb seine vom Bartwuchs raue Wange an mich. „Nun, ein

Himmelbett hat mir mein Herr Bruder nicht offeriert. Der schwarze Schurke, wie er es genießt, uns leiden zu sehen!"

Ehe er sich in eine langatmige Schilderung seiner Drangsal stürzen konnte, verschloss ich ihm den Mund und erzählte ihm, was Sancho gesagt hatte. Alfonsos Gesicht – soweit ich das im dürftigen Licht eines an der Wand hängenden Kienspanes erkennen konnte – wurde noch düsterer. Während ich auf seine Pritsche niedersank, ging er mit seinen klirrenden Ketten im Kerker auf und ab. „Ein Mönch, ich? Also, dazu fühle ich mich nun wirklich nicht berufen."

„Allemal besser als der Tod, oder lebenslange Kerkerhaft. Nun sei kein Dickschädel, Alfonso. In Sahagún könntest du trotz allem noch ein ordentliches Leben führen."

„Sahagún?" Er hielt inne. Sahagún, wo er seine Knabenjahre verbracht hatte, war ihm seit jeher teuer. Er überlegte. „Abt Robert, den uns Hugo von Cluny sandte, ist mein Freund. Er würde mir keinen unnötigen Zwang auferlegen, und ich könnte in Ruhe in seinen alten Schriften stöbern."

„Er würde dich vor allem nicht drängen, deine Gelübde abzulegen. Sei klug, Alfonso. Dein Leben ist noch nicht vorbei. In Sahagún kannst du darüber nachdenken, wie es weitergehen soll. Und vergiss nicht: Du hast Freunde, die zu dir stehn. Und du hast mich, deine Schwester."

*

Alfonso - der Messdiener, der *monaguillo,* wie ihn Sancho verhöhnte -, fügte sich ins Unvermeidliche. Scheinbar demütig bot er dem Sieger Gehorsam an und ließ sich wie ein Schaf von einer bewaffneten Eskorte ins Kloster von Sahagún schleppen.

Ich blieb, um abzuwarten, in Burgos. Natürlich nicht im Königpalast, sondern nebenan im Hause des Erzpriesters Simón (der einmal Bischof werden sollte). Es vergingen mehrere Wochen, in denen wir nichts von Alfonso hörten. Dann kam ein kurzes, in seinem schneidenden Ton beleidigendes Schreiben von Sancho: „Meine Langmut ist zu Ende. Weder hast du mir deine Unterwerfung erboten noch höre ich, dass der Messdiener sich seine Löckchen scheren ließ. Wenn sich daran in den nächsten Tagen nichts ändert, werde ich gezwungen sein, die Konsequenzen zu ziehen.

Santius, Rex et Imperator totius Hispaniae."

*

Sich seine goldenen Locken scheren lassen! *Perfidissimus frater tyrannus!* Ich zögerte nicht lange. Auf der Stelle zog ich mir den ärmlichen Kapuzenmantel einer Magd über, beschied Pedro Ansúrez und seine

Brüder zu mir und jagte auf meinem weißen Zelter mit ihnen nach Sahagún.

Da die Ansúrez-Brüder Landbesitz in Sahagún hatten, kannten sie den Weg sehr gut. Außerdem war der *Mayordomus*, den Sancho sehr herablassend zu behandeln pflegte, meiner Familie und insbesondere Alfonso und mir seit jeher ergeben.

Noch am selben Abend erreichten wir die gedrungenen roten Ziegelgebäude des Klosters, das sich hinter dem Fluss Cea erhebt. Meine Kapuze zurückschlagend, verneigte ich mich vor Abt Robert und begrüßte ihn ehrerbietig: *„Moult bien le salut, mon père. Je pense que cy en saints lieux pourrai trouver mon frère le déchu roy."*

Der Abt führte mich in eine gut beheizte Stube, wo Alfonso mit einem Buch saß. Ich setzte ihm die Lage auseinander. „Alfonso, du musst fort. Außer du bist bereit, die Mönchsgelübde abzulegen."

„Ach - dazu kann ich mich eigentlich nicht entschließen."

„Dann bleibt nur eins, die Flucht."

„Wohin?"

„Nach Toledo. Dein Vasall, Emir Al-Mamun, wird dich in allen Ehren aufnehmen. Und in Toledo kannst du abwarten, wie die Dinge sich weiter entwickeln."

Alfonso überlegte kurz und stimmte dann zu. Zu dem Abt sagte ich: „Ich hoffe, *mon père,* Ihr verzeiht mir, dass ich Euch einen gottesfürchtigen, aber noch im Weltlichen verhafteten Novizen entführe."

„Ein gottesfürchtiger König ist mir lieber", entgegnete der Abt. „Alle Weitere müssen Eure königlichen Hoheiten unter sich abmachen. Mich geht das nichts an. Ihr werdet hier Betten finden, ein Mahl, eine Wegzehrung für morgen früh. Und ein paar Mönchskutten werden wir auch noch auftreiben können."

*

Die Matutin scholl durch den Kreuzgang, als wir in aller Frühe das Kloster verließen. Morgennebel dampfte über dem Fluss. An der Furt trennten wir uns. Alfonso, Pedro, Gonzalo und Fernando Ansúrez, in unansehnliche Kutten gehüllt, ritten nach Süden, ich wandte mich westwärts, in Richtung Benavente und Zamora.

Kalte geschwisterliche Lippen trafen sich im Abschiedskuss. Ich zeichnete Alfonso mit dem Zeigefinger ein Kreuz auf die Stirn und hauchte: „Gott behüte dich, mein Bruder. Lass es mich wissen, wenn du in Toledo angekommen bist."

Alfonso erwiderte mit belegter Stimme: „Auch du geh in Gottes Schutz, Schwester. Denk immer daran, was unser Vater uns aufgetragen hat."

Ich konnte nur stumm nicken. Er zog seinem Pferd die Zügel stramm, rief: „Entweder ich sterbe oder ich kehre als König zurück!" und sprengte davon. Ich sah den vier Reitern nach, bis sie im Morgenrot verschwanden.

*

Ich atmete erst auf, als mir Ansúrez meldete, Alfonso sei wohlbehalten in Toledo eingetroffen, wo er jede Annehmlichkeit genoss. Der Käfig war leer, der Vogel entflohen. Ich nahm an, des großen Bruders Raserei musste sich ins Unermessliche steigern.

Natürlich ließ Sancho die Dinge nicht auf sich beruhen. Elvira hatte seine schriftliche Aufforderung erhalten, ihm die Stadt Toro und die Hälfte ihrer Klösterpfründe zu überlassen. Die dumme Gans, die nie Rückgrat besessen hatte, willfahrte ohne Widerrede. Mit mir würde er nicht so leichtes Spiel haben.

Sein Schreiben, ihm Zamora auszuliefern, ließ ich unbeantwortet. Gleichzeitig hielt ich mich für das Schlimmste bereit.

Das sollte nicht ausbleiben. Im März des unheilvollen Jahrs 1072 sah man plötzlich Truppenbewegungen im Süden der Stadt. Wenig später wimmelten der Valorio und die Abhänge des Dreikreuze-Hügels von fremden Soldaten. Das kastilische Heer - wohl an die tausend Mann - umzingelte Zamora von der *Peña Ta-jada* bis zum Duero.

Arias Gonzalo und ich blickten zu den Streitrossen, Rammböcken, Katapulten, die sich auf unsere Stadt zuwälzten, dazwischen ein grimmiger Haufen von Schwerter, Streitäxte, Speere und Armbrüste schwingenden Fußsoldaten. „Gonzalo, wie lange kann Zamora wohl widerstehen?"

„Unsere Vorratskammern sind gut gefüllt, unsere Brunnen tief. Ich denke, wir können es bis zum Winter aushalten."

„Und die Bevölkerung? Wird sie die Härten einer Belagerung auf sich nehmen?"

„Die Zamoraner sind dir treu ergeben, Herrin. Fürchte nicht. Wir haben unsere Wälle, unsere trutzigen Tore, unsere sechsundzwanzig Türme. Keine Stadt in Kastilien und León ist so stark gebaut wie Zamora. Und wir alle hassen Sancho und wollen unseren König Alfonso zurück."

Damit war alles entschieden. Wir verbrachten den Rest des Tages damit, zu beobachten, wie rings um die Mauern die feindlichen Soldaten ihr Kriegsgerät aufstellten und ihre Zelte aufpflanzten. Plötzlich sahen wir vom Duero her, über die Straße an den *Peñas de Santa Marta*, einen etwa zehn Mann starken Reitertrupp hochreiten. An ihrer Spitze erkannte ich das grüne Banner, und ich erkannte die kräftige, schlanke Gestalt auf der Andaluserstute Babieca. Ich wandte mich rasch und befahl: „Wir bekommen Besuch. Öffnet das Tor!"

*

Wir empfingen die Delegation im Audienzsaal des Schloss, ich auf meinem erhöhten Sessel, mir zu Seiten Arias Gonzalo, die Schultheiße und andere wichtige Männer der Stadtverwaltung. Rodrigo stand vor uns, und trotz meiner Verärgerung konnte ich nicht umhin, seine stattliche Statur und seine stolze Haltung zu bewundern.

Ich sagte: „Sprecht, Don Rodrigo, was will mein Bruder?"

„König Sancho fordert Euch auf, ihm die Stadt Zamora mit allem, was darin ist, samt den umliegenden Ländereien auszuliefern. Außerdem verlangt er die Hälfte Eurer Klösterpfründe von Euch." Rodrigo warf trotzig sein Kinn empor und fügte hinzu: „Zum Austausch bietet Don Sancho Euch die Städte Villalpando und Medina de Rioseco sowie die Festung Tiedra an. – Solltet Ihr der Forderung nicht nachkommen, wird Don Sancho sich mit Gewalt nehmen, was ihm zusteht, und die Folgen werdet Ihr zu tragen haben."

Ich straffte mich. Nur der Form halber sah ich zu meinen Ratgebern an meiner Seite hin. Die verzogen keine Miene, und ich sagte: „Unsere Antwort ist nein. Sagt das Eurem Herrn."

„Nun wohl." Rodrigo klammerte seine Hand um seinen Helm, den er unter dem rechten Arm trug, und kniff die Lippen zusammen, blieb aber dem Anschein nach unbewegt vor uns stehen. Eine Kaltblütigkeit, die meine Gereiztheit noch steigerte. Ich stand auf und sagte mit nur mühsam unterdrücktem Zorn in der Stimme: „Eher ziehe ich als Bettelweib durch die Lande, als meine Stadt einem Eidbrecher zu überlassen, der meine beiden Brüder und meine Schwester ihres Thrones beraubt hat."

Die Ratgeber nickten zustimmend, und Rodrigo zog sich zurück, um die Botschaft zu überbringen.

*

Der Ring um die Stadt war undurchdringlich geworden. Tag für Tag und Stunde für Stunde beobachteten wir von den Zinnen, wie sich unten die Belagerer in ihrem schändlichen Treiben abmühten, ihre Geschütze, Sturmmaschinen und Rammböcke auf uns gerichtet.

Wenn ich mich weit über die Brustwehr beugte, kam es vor, dass ich Sancho erblickte, wie er aus dem Zelt mit dem königlichen Banner trat oder an seinen Männern vorbeischritt, um Befehle zu erteilen. Dabei schaute er natürlich immer wieder zu den Zinnen hoch. Einmal schien er mich erkannt zu haben, denn er trat einen Schritt zurück, um eine noch bessere Sicht zu haben, und verharrte breitbeinig, die Hände in den Hüften, starr nach oben blickend. Blitzschnell zog ich mich zurück. Mein Herz raste, Schwindel fasste mich. Vor dem würde ich nicht die Waffen strecken, vor dem nicht!

Natürlich zehrte der Belagerungszustand an den Nerven. Aber wir waren bestens gerüstet, und längs der Brustwehren und Rundgänge stand jeder wehrfähige Mann, um die Bewegungen des Feindes im Auge zu halten und sie, falls es nötig werden würde, abzuwehren.

In allen Kirchen wurden Gottesdienste abgehalten und unablässig um ein Ende der Belagerung gebetet.

Ich selbst verbrachte jeden freien Augenblick in San Salvador oder meiner Schlosskapelle und flehte Gott an, das Unheil von der Stadt abzuwenden.

Unter der sengenden Sommersonne dösten wir wie leblos vor uns hin, oben die schmachtende Stadtbevölkerung, unten ihre nicht minder entnervten Bedränger. Die Lebensmittel waren knapper geworden, und als ich hörte, dass die Allerärmsten Not litten, befahl ich, sie aus unseren Vorratskellern und der Schlossküche mit dem Nötigsten zu versorgen.

Ich hatte Alfonso eine Nachricht geschickt und ihn gebeten, in seinen Gastgeber zu dringen, damit er uns Hilfstruppen schicken möge. Alfonso antwortete, Al-Mamun sei ein Zögerer und nicht gewillt, sich in den Bruderstreit einzumischen noch ein Heer nach Zamora zu entsenden. Alfonso versuchte jedoch mir Mut zu machen und versprach, sein Möglichstes zu tun, um eine Verstärkungstruppe auf die Beine zu bringen.

In meiner Verzweiflung war ich so weit gegangen, García in Sevilla anzuschreiben, mit der Bitte, uns zu Hilfe zu kommen.

Eine Antwort erhielt ich nicht, aber ich hatte auch nichts anderes erwartet.

*

Der Herbst kam, die Belagerung dauerte immer noch an. Unsere Vorräte sanken auf ein Minimum. Wie lange war den Zamoranern diese Mühsal noch zuzumuten? Und wer würde ausdauernder sein, wir, die Eingekesselten, oder die Männer vor unseren Wällen?

Sehnsüchtig blickten wir von den Zinnen auf die Hänge, die von Weintrauben strotzten, die prallen Oliven von Olivares, die im Silberschein der Ölbäume baumelten. Die Schwalben verließen ihre

Nester und zogen nach Süden, in die Freiheit. Alles Dinge, die uns verwehrt waren.

Der Stadtrat und ich wurden nicht müde, uns Strategien auszudenken, die der Pein ein Ende machen würden. Keine versprach eine Lösung.

Sollte ich nachgeben? Das wäre das Exil für mich so wie vorher schon für Alfonso, García und Elvira. Sancho würde triumphieren, seine Herrschaft noch blutiger werden. Nein, das kam nicht in Frage! Ich hatte nicht nur an mich zu denken, sondern an die Tausenden von Menschen, die unter Sancho zu leiden haben würden.

Eines Tages nach dem Abendessen hatte ich mich an meinen Lieblingsplatz in einem Erker des Schlosses zurückgezogen, als ich plötzlich einen Luftzug spürte. Hoch ragten die dunklen Umrisse einer Gestalt in der Türöffnung auf. Ich zuckte zusammen. „Du, Rodrigo? Wie … wie bist du hereingekommen?"

„Oh", sagte er gelassen, „es gibt noch Wege, in die Stadt zu kommen. Du vergisst, dass ich in Zamora aufwuchs. Da ist noch eine kleine Pforte nicht weit von hier, deren Fallgitter nicht allzu schwer zu heben ist …"

„Bei Santa Leocadia?", ächzte ich. Er kam auf mich zu, erschaudernd wich ich vor dem herben Ledergeruch seiner Joppe zurück. Sein plötzliches Auftauchen hatte mich so überrumpelt, dass ich kein Wort herausbrachte.

„Keine neue Botschaft", sagte er. „Ich komme nicht als Sanchos Stiefelputzer. Ich komme als Mann."

Noch immer blieb ich stumm. Der Stickrahmen entglitt meinen Händen. Mit flackernden Augen sah ich zu ihm auf. Er sagte: „Du weißt nicht, wie es ist, wenn man in dem kalten Zelt liegt und hat nur eins vor Augen: dein goldenes Haar, deine türkisblauen Augen, das weiche Baumwollgewand, das deine Brüste umfließt …"

„Rodrigo, quäle mich nicht! Sieh mich an und hab Erbarmen: eine hilflose Frau, verlassen, allein ..."

„Die Frau, die ich will", sagte Rodrigo und zog mich sanft empor. „Du weißt doch, dass ich dich immer geliebt habe."

„Ich dich doch auch", flüstere ich und sank an seine Brust.

(*Lücke im Text*)

*

Nachdem wir so süßer (*unleserlich*) gefrönt hatten, ließ ich uns eine Biersuppe kommen, und wir berieten, was weiter zu tun sei. Rodrigo erklärte, dass er trotz seiner vergangenen Loyalität nichts mehr mit einem Tyrannen zu tun haben wollte, der sich so schändlich benahm, und nur noch einem dienen wollte: mir, der Frau, die er liebte.

„Alles schön und gut", murmelte ich, indem ich löffelweise Suppe in seinen Mund schob, „aber was ändert das an der Lage? Sancho ist unser aller Kreuz. Und wir sind nicht der Erlöser, so ein Kreuz demütig auf unsere Schultern zu nehmen."

„Vielleicht lässt er noch einmal mit sich reden."

„Glaubst du das? Glaubst du das wirklich? Ich nicht."

„Und Alfonso?"

„Alfonso? Der sitzt in Toledo und lässt sich von maurischen Dirnen massieren."

„Er wäre der rechtmäßige König. Nach Sancho."

„Womit unser Problem noch immer nicht aus der Welt geschafft ist. Ach, Ruy, Ruy, du magst der tapferste Kämpfer Spaniens sein, aber in Staatsgeschäften bist du ein kleines Kind."

Ich zerzauste mit spielerischen Fingern seine braune Haarpracht, da kamen meine alte Amme Amaltea und die maurische Sklavin Madina mit Handtüchern und einer Waschschlüssel herein. Mochten sie erstaunt sein, einen Mann in meinem Bett zu finden, sie würden diskret sein, was ich auch als selbstverständlich voraussetzte. Madina tat, als senke sie die Augen, während Rodrigo nach seinen Kleidern tastete, dann kicherte sie einfältig. „Da ist noch ein zweiter Mann im Vorraum. Er hat die Nacht auf dem Diwan zugebracht."“

„Ach ja", sagte Rodrigo ruhig, sein Hemd überziehend, „das ist Vellido Dolfos, mein Hauptmann." Zu mir gewandt: „Er wird mit mir hier bleiben."

„Dann gebt ihm etwas zu essen", sagte ich. „Es ist noch sehr früh, aber ich wünsche trotzdem, den *Alcaide* zu sehen. Bittet ihn, sich hierher zu bemühen."

Arias Gonzalo erschien wenig später, mit dem ersten Hahnenschrei. Auch er zeigte keine Verwunderung über Rodrigos Anwesenheit. Wir setzten uns zusammen, und ich fragte den alten Mann, ob es für aussichtsreich hielt, noch einmal mit Sancho zu verhandeln. Allmählich müsste der doch einsehen, dass

Zamoras Mauern zu fest waren, um sie zu erstürmen.

„Vielleicht gibt er nach, wenn wir ihm etwas anbieten", sagte ich auf gut Glück.

„Wir haben nichts", sagte Arias. „Wir sind bettelnde Lumpen vor seinen Augen und ihm ausgeliefert. Wenn wir unseren Widerstand aufgeben."

„Aber … wenn wir ihm ein Lösegeld vorschlagen?"

„Wir könnten niemals so viel zusammenbekommen, um seine Gier zu befriedigen. Und es ist ja hauptsächlich die Macht, die ihn interessiert."

Rodrigo kratzte sich am Kopf. „Jetzt wo ich hier bin: Könnte ich nicht mit einem kleinen Trupp einen Ausfall wagen? Immerhin gilt mein Name noch etwas, und mein Schwert Tizona ist allgemein gefürchtet."

„Das wäre Selbstmord", entgegnete Arias. „Sie sind in der Überzahl." Traurig fügte er hinzu: „In Zeiten der Perfidie hat selbst Heldenmut seine Grenzen."

*

Gonzalos letzte Bemerkung hallte in meinem Kopf nach. Perfidie, Heldenmut … Wenn Ritterlichkeit und Ehrenkodex nicht weiterhalfen, konnte man da die Ruchlosigkeit nicht mit ihren eigenen Waffen schlagen? Wie im Fieber grübelte und sann ich den ganzen Tag. Dann kam Rodrigo zu mir. „Bist du zu einem Schluss gekommen?", fragte ich ihn.

„Wir sollten es noch einmal versuchen", sagte er.

Ich sagte nichts, schlang meine Arme um meine Knie und kaute auf meiner Unterlippe. Er fuhr fort: „Wir könnten ihm Schätze anbieten, Gold, Geschmeide, das wir angeblich hier oben horten. Wenn er darauf hereinfällt und sich hierher locken lässt, ist er in unserer Gewalt."

„Er würde einen Hinterhalt vermuten. Nein, so dumm ist Sancho nicht."

„Dennoch, wir sollten es versuchen. Ich bin bereit, hinunterzugehen. Mir wird er kein Gespräch abschlagen. Wir sagen … wir sagen, du erwartest ihn, um ihm den Vorschlag mit den Schätzen zu machen. Kommt er mit uns, haben wir gewonnenes Spiel."

„Mit uns?"

„Ja, Vellido hasst ihn genau wie wir. Ich nehme ihn mit, und wir sagen, du wartest hinter dem kleinen Tor … oder nahe vor dem Tor, an der Stadtmauer. Das wirst du natürlich nicht, denn ich möchte nicht, dass du dich irgendeiner Gefahr aussetzest."

„Die Gefahr fürchte ich nicht. Wenn es zum Zamora geht, bin ich zu allem bereit."

„Zu allem?"

„Zu allem", flüsterte ich mit rauer Stimme. „Wir müssen das Problem Sancho lösen, ganz gleich wie."

*

In der Abenddämmerung machten wir uns auf den Weg, alle drei in grobe schwarze Mäntel gehüllt. Rodrigo voran, hinter mir Vellido Dolfos, ein robuster, rundlicher Mensch von etwa dreißig Jahren, dessen nicht unschönes Gesicht durch ein feuerrotes Muttermal entstellt war. Erneut erbot ich mich, mitzugehen, erneut lehnte Rodrigo ab. „Es ist zu gefährlich. Bleib nicht hier, man könnte dich erkennen. Warte im Palast auf uns. Ich hoffe, es wird nicht lange dauern."

Wir stiegen die paar Stufen zu dem Tor neben der Kirche San Leocadia hinab, das so klein und unscheinbar ist, dass man es fast nicht bemerkt. Die Männer schoben das innere Fallgitter zurück, die Pforte schwang auf. Aus dem Tal hörte man dumpfe Geräusche, und um die dort aufgeschlagenen Zelte glommen Lichter durch die Dämmerung.

„Geh jetzt", flüsterte Rodrigo. „Wir hoffen, er nimmt Vernunft an und ist zu einem Gespräch bereit."

„Und wenn nicht?", flüsterte ich zurück.

Rodrigo zuckte nur die Schultern. Ich sah die beiden Männer vorsichtig den unebenen und teilweise recht steilen Weg hinabschreiten, dann zog ich meinen Mantel fester um meine Schultern und schlich durch den Torbogen zurück in den Palast. Dort wies ich Madina an, mir einen starken Kräutertee zu bringen, und wartete vor dem Kamin, in die knisternden Flammen starrend.

Die Nachtwache hatte mehrmals ihren hohl klingenden Stundenruf durch die stillen Gassen ertönen lassen, als Rodrigo über die Schwelle trat. Allein.

Ich starrte ihn an. „Nun, was ist? Jetzt rede schon!"

„Er ist tot", sagte er.

„Tot?" Ich sank zusammen. In mir war alles starre, eisige Kälte. Umso erregter war Rodrigo. Es war das erste Mal, dass ich ihn so sah: aufgewühlt, seiner sprichwörtlichen Ruhe beraubt. Er sank neben mir auf das Polster, und dann sprudelte es aus ihm heraus: „Da man uns beide ja kennt, kamen wir ohne Schwierigkeiten vor das königliche Zelt. Ich wollte bereits die Wache ansprechen, da kam Sancho selber heraus. In seiner Eile bemerkte er uns nicht. Er hockte sich neben das Zelt und erleichterte sich ... Äh ..."

„Er erleichterte sich. Nun, weiter!"

„Darüber gewahrte er uns und sagte mit einem scheelen Blick: ‚Nun, Rodrigo, bist du gekommen, um mir beim Scheißen zuzusehen?' Äh … Verzeihung …"

„Ja, gut. Weiter!"

„Als er sich den A… als er fertig war, erklärte ich kurz, dass du ihn sehen wolltest, um ihm ein Angebot zu machen. Natürlich wurde er wütend und wollte bereits die Wache rufen. Ich legte ihm schnell auseinander, dass ungeahnte Schätze in Zamoras Kellern liegen. Daraufhin war er bereit, mit uns zu gehen."

Ich starrte ins Feuer, die Hände auf die angezogenen Knie gelegt. „Also machtet ihr drei euch auf den Weg in die Stadt. Und?"

„Er verlangte Licht, aber ich sagte, es würde auch so gehen. ‚Wo wartet meine Schwester auf mich?', wollte er wissen. Ich antwortete: ‚Vor dem Tor, bei der großen Steineiche.' Er knurrte: ,*Deus volens*' und stapfte weiter den Pfad hinauf. Ich ging vor, Vellido ging hinter ihm. Das Tor und die Eiche waren schon zu sehen, und er wurde misstrauisch. ,Jetzt will ich endlich wissen, was los ist", schrie er. ,*Carajo*', ich gehe keinen Schritt weiter!' Seine Hand langte nach seinem Schwertgehänge, da rief Vellido: ,Dann stirb' und stieß ihm sein Schwert in den Rücken."

Die Flamme züngelte, bläulich, gespenstisch. Rodrigo atmete schwer. Dann hauchte er: „Es war nichts mehr zu tun. Wir ließen ihn zurück, Vellido nahm sein Pferd, das bei der Steineiche wartete, und galoppierte davon. Und ich ..."

„Und er ist wirklich tot?", sagte ich tonlos.

„Er ist tot. Der Eidbrecher, Thronräuber und Leuteschinder ist tot."

Wir sahen uns an, dann klammerten wir uns in einer verzweifelten Umarmung aneinander. Rodrigo flüsterte: „Quäle dich nicht, mein Herz. Was geschehen ist, ist geschehen. Es ist nicht rückgängig zu machen.

Alles, was wir tun können, ist Ruhe bewahren und abwarten. Wirst du das fertigbringen?"

Ich, mit eisernem Griff seine Arme umschraubend, starrte ihn mit irren Blicken an. „Wenn du es willst, werde ich es fertigbringen. *Deus volens ... Deus volens.*"

*

„Blut will Blut", sagte Amaltea, als sie mir den Frühstücksbrei brachte. „Er war zwar kein guter Mensch, aber so zu enden ... Man sagt, er habe ganz gekrümmt da gelegen, mit Blut und Kot besudelt."

„Erspare mir die Einzelheiten!", fuhr ich sie an. „Und bring das weg, ich habe keinen Hunger. Was sagt man in der Stadt?"

„Alles ist in Aufruhr. Natürlich freuen sich alle, und die Frechsten stehen auf den Wällen und wollen denen dort unten, bis sie abziehen, noch einmal genüsslich auf den Kopf spucken."

Auch mich trieb es auf die Wälle. Arias Gonzalo war da, neben ihm stand der *Cid,* die Hände um die Brüstung geklammert, die Lippen zugekniffen.

„Ziehen Sie ab?", fragte ich.

„Sieht ganz so aus", sagte Arias. „Sie brechen ihre Zelte ab und packen ihr Zeug zusammen. Einige Truppenverbände haben bereits das Weite gesucht."

„Ja", sagte ich, „aber ich verbitte mir laute Freudenbezeugungen. So sehr wir auch jubilieren mögen, immerhin ist ein König – und mein Bruder gestorben."

Arias sah mich kritisch an. „Sollen wir Messen lesen lassen?"

Nach einiger Überlegung sagte ich langsam: „Nun, das wäre wohl angebracht. Aber die Tore öffnen wir noch nicht, nicht wahr?"

„Nein, damit warten wir besser noch."

„Wir warten noch", wiederholte ich unschlüssig. Ich wandte mich zur Treppe. „Kommst du, Rodrigo?"

„Gleich", sagt er, machte aber keine Anstalten, mir zu folgen.

Ich sah zu ihm zurück, als fragte ich mich, ob ich ihn bereits verloren hatte. Die Mittagsstunden verbrachte ich im Bad, apathisch, wie betäubt. Jetzt wo das Problem gelöst war, kam mir alles noch viel schwieriger vor. Wenn nur Alfonso da wäre … Er würde eine Entscheidung treffen, mir eine Riesenlast von den Schultern nehmen. Rodrigo – konnte ich mich noch auf ihn verlassen, außer im Bett? Wenn ich daran zurückdachte, wie er mir ….

(Lücke im Text)

Am Nachmittag näherte sich ein Reiter auf den *Peñas de Santa Marta* von außen der *Porta Optima.* Es war Don Diego Ordóñez de Lara, einer von Sanchos Heerführern. Als er Arias Gonzalo und mich auf den Zinnen über dem Tor sah, rief er mit dröhnender Stimme: „Oh falsches Zamora, du hat unseren König Don Sancho hinterrücks erschlagen. Das ist eine Tat, für die es keine Entschuldigung gibt, ein Verrat, schwärzer als die Nacht."

Don Arias antwortete: „Verräter nennt Ihr uns? Es gibt keinen Beweis, dass wir Don Sancho gemeuchelt haben. Genauso gut könnte es einer von Euch gewesen sein."

„Warum hätten wir unseren König ermorden sollen?" Diego Ordóñez riss am Zaum, dass sein Pferd sich aufbäumte. „Dann soll Gott richten. Ich fordere Euch zum Zweikampf auf, damit unser Herr entscheide, wer die Schuld trägt."

Völlig ruhig bleibend, rief Arias seine Antwort hinab: „Als *Alcaide* von Zamora nehme ich die Forderung an."

Ich fuhr heftig dazwischen: „Das verbiete ich, Don Arias. Ihr seid ein alter Mann."

„Aber er hat Söhne, die bereit sind, Zamoras Ehre zu verteidigen", sagte eine jugendliche Stimme: Pedro

Arias, der jüngste Gonzalo-Spross. Ehe ich es verhindern konnte, beugte er sich über die Brustwehr und schrie hinab: „Ich bin Pedro Arias. Ich habe weder Weib noch Kind und bin bereit, mich mit Euch auf dem Turnierplatz zu schlagen, um zu beweisen, dass unsere Stadt nichts mit dem Mord zu tun hat."

„Gut, Don Pedro. Wo treffen wir uns?

„Morgen zur vierten Stunde, auf dem Feld vor *Santiago de los Caballeros.*"

Der Herausforderer ritt davon, ich wandte mich zornig ab. „Noch mehr Blutvergießen! Nein, damit will ich nichts zu tun haben. Ich will auf keinen Fall etwas damit zu tun haben!"

*

So sehr ich mich auch dagegen sträubte, ich konnte nicht in meinen Gemächern bleiben. Während die Zinnen schwarz von Gaffern waren, stieg ich auf einen Altan und verfolgte von dort, was mich tief in meiner Seele empörte: Pedro, mein Milchbruder und Spielgefährte – und vielleicht noch mehr, setzte sein Leben aufs Spiel für etwas, was ihn nicht im Geringsten betraf.

Um das leere Feld zwischen dem Duero und der Straße nach Alfaraz drängte sich eine ungeheure Menge zumeist beharnischter Zuschauer. Fahnen flatterten, Trompeten dröhnten, und dann rasten die beiden Streiter in voller Rüstung auf ihren ebenfalls in Stahl gehüllten Rossen aufeinander zu, ihre dünnen langen Stoßlanzen jeweils auf den Gegner gerichtet.

Die ersten Lanzen gingen ins Leere, die zweite, unerschrocken von Pedro geschwungen, traf Ordóñez an der Schulter. Er wankte einen Augenblick, fing sich aber und ritt zu seinem Ausgangspunkt am Ende der Kampfbahn zurück.

Die Menge hielt den Atem an. Pedro wartete, bis sein Gegner wieder kampffähig war, dann senkte er sein Visier. Schwerfällig stampfte Don Diego vorwärts,

Pedro – es sah spielerisch, wie ein Tanz aus – federte ihm mit gehobener Lanze auf seinem Hengst entgegen. Seine Lanze traf den anderen mit voller Wucht vor die Brust. Wie ein Sack fiel der zu Boden, wo er regungslos liegen blieb.

Ein ungeheurer Massenschrei flog über das Feld. Rodrigos Pferd trabte ein paar tänzerische Schritte weiter, doch dann sah man seinen Reiter schwanken. Zuerst sank seine Lanze, dann glitt er selber aus dem Sattel.

Wir beugten uns vor, und ich hörte Arias Gonzalo ächzen. Männer liefen über den Turnierplatz, zu den am Boden Liegenden hin. Diego Ordóñez rappelte sich mühsam auf, Pedro Arias rührte sich nicht. Die gegnerische Lanze hatte seinen Brustkorb durchbohrt, mitten ins Herz hinein.

*

Auf den Säulenkapitellen der Kirche *Santiago de los Caballeros* verschlingen sich die verdammten Seelen und höllische Ungeheuer in einem erbarmungslosen Kampf. Ein bisschen kommt einem das schon wie ein Spiegelbild unserer irdischen Existenz vor. Dort, wo er gefallen war, wurde Rodrigo Arias zu Grab getragen.

Wir trugen Trauerkleidung, als Alfonso eintraf. Auch ich ging in Schwarz, nicht für meinen Bruder, der mein Feind gewesen war, sondern für den jungen Mann, der in brüderlicher, wenn nicht sogar männlicher Liebe an mir gehangen hatte. Die Kampfrichter hatten das Duell als unentschieden abgeurteilt, aber das wusste Alfonso bereits. Er wusste noch vieles mehr, wie mir nach und nach bewusst wurde.

Obwohl er seinem Gast sein Lustschlösschen Brihuega zur Verfügung stellte, damit dieser nach Herzenslust in den wildreichen Wäldern am Ufer des Tajuña jagen konnte, zögerte Al-Mamun lange, bevor er Alfonso ziehen ließ. Erst als etwa zeitgleich mein

Brief und eine Mitteilung von Pedro Ansúrez über Sanchos Tod eintrafen und der Emir noch überlegte, wie er aus dieser plötzlichen Wende Profit schlagen konnte, schlich sich Alfonso davon. Unterwegs sammelte er entschlossene Soldaten um sich – meistens aus León, Asturien und Galizien.

In meinen schwarzen Schleiern ging ich auf ihn zu, von freudigen, aber auch bangen Gefühlen aufgewühlt. Im ersten Moment glaubte ich einen Fremden vor mir zu sehen. Er war schlanker und männlicher, seine ehemals kindlichen Locken waren nachgedunkelt, und dunkelbraun flaumte ein Bart um seine Gesichtszüge, die betonter Ernst prägte. Wo war der pausbäckige Junge geblieben, dem der Schalk aus den Augen blitzte? Wo mein Spielkamerad von einst, der Gefährte meiner unbeschwerten und ahnungslosen Jugendjahre?

Alfonso zauderte einen Augenblick, und dann nahm er mich in seine Arme. „Schwester, oh Schwester ..."
Er trat zurück, sah mir eindringlich in die Augen –

wie meergrün und seltsam glanzlos waren seine – und fügte leise hinzu: „Ich wünschte nur, wir würden uns unter anderen Umständen wiedersehen."

Ich hielt dem glanzlosen Blick stand und sagte: „Du bist jetzt König, Alfonso."

„Ja? Ja, das bin ich. Aber um welchen Preis, Urraca, um welchen Preis!"

„Es war Gottes Wille", hauchte ich.

Immer noch sah er mich ernst an, dann wandte er sich zu Rodrigo. Der fiel vor ihm auf die Knie und schickte sich an, seine Hand zu küssen. „Mein Herr und König, ich stelle mich Euch mit meinem Leib und meinem Schwert zur Verfügung."

Alfonso, den Handkuss wie unbeteiligt über sich ergehen lassend, murmelte: „Wie Ihr meinem Bruder zur Verfügung standet … Nun wohl, nun wohl. Schauen wir uns erstmal um. Wie ich sehe, hat sich die Stadt von ihren Mühen erholt. Ich nehme an, Ihr habt die Vorräte aufgefrischt, Don Arias?"

„Sofort nach dem Abzug der feindlichen ... der kastilischen Streitkräfte. Ihr hättet sehen sollen, mit welchem Jubel die Leute hinauszogen, um die Früchte des Ackers und der Gärten hereinzuholen."

„Kann ich mir gut vorstellen, Don Arias. Ach, ehe wir hineingehen ..." Halb zu Rodrigo zurückgewandt. „Don Rodrigo, wenn Ihr in meine Dienste treten wollt, wünsche ich, dass Ihr Euren Händel mit dem Grafen von Oviedo beilegt. Ein Befehlshaber des Königs kann nicht mit seinen Angehörigen verfeindet sein."

„Jawohl, mein König", erwiderte Rodrigo, demütig und ehrerbietig wie eh und je.

„Dann kann ich ja beruhigt meine Krönung vorbereiten. Sie soll in Burgos stattfinden."

„Nicht in León?", fragte ich, beunruhigt und etwas enttäuscht.

„Nein, ich habe vor allem den Kastiliern zu zeigen, dass ich ihr König bin. Danach lasse ich mich in Galizien krönen. – Ich denke, Elvira wird mich begleiten."

„Elvira?", echote ich.

„Ja, Urraca, ich halte es für besser, wenn du einstweilen in Zamora bleibst. Nach allem, was sie durchgemacht hat, braucht die Bevölkerung deinen Zuspruch. – Wenn es dich tröstet, kann ich dir den Titel einer Königin von Zamora verleihen."

„Oh, danke, mein Bruder, danke vielmals."

„Schön. Wir werden unseren Bruder seinem Wunsch gemäß im Kloster von Oña beisetzen lassen, aber da ist euer Beisein nicht erfordert. – Und jetzt, da dies erledigt ist, möchte ich das Grab des edlen Jünglings sehen, der sich so tapfer für eure Ehre geschlagen hat."

Zu dritt stiegen wir nach *Santiago de los Caballeros* hinab. Eine halbe Stunde sammelte sich Alfonso vor dem frischen Grab, dann hob er den Kopf. „So jung zu sterben, welcher Wahnsinn. Aber sein Opfer soll nicht umsonst gewesen sein. Ich werde ihm ein prächtiges Mausoleum errichten lassen." Dann, hart und plötzlich wie ein Pfeilschuss: „Dieser Vellido Dolfos stand doch unter Eurem Kommando, Don Rodrigo Díaz?"

Ich musste mich an eine Säule lehnen, so heftig raste mir das Blut in den Kopf. Was hatte Alfonso von den wilden Gerüchten gehört, die überall die Runde machten? Dass ich Dolfos gedungen und ihm als Gegenleistung die Ehe versprochen hätte?

Während ich um Beherrschung rang, hatte Rodrigo sich ganz in der Gewalt. Er sagte: „Ja, er war mein Hauptmann. Als solcher hatte ich nie einen Anlass, an seiner Ergebenheit zu zweifeln."

„Und Ihr habt keine Ahnung, was ihn zu diesem Frevel getrieben haben könnte?"

„Keine, nur dass er, wie viele im kastilischen Heer, sehr unzufrieden mit Don Sancho war. An dem Tag, als … dies geschah, sah ich ihn auf seinem Pferd den Hang hinuntergaloppieren. Ich schwang mich umgehend auf meine Babieca, um ihn einzuholen … aber ich hatte meine Sporen vergessen, und er war schneller als ich."

„Ihr hattet Eure Sporen vergessen, soso …" Alfonsos Ton blieb erstaunlich beiläufig. „Und der feige Hund ist bis heute wie vom Erdboden verschluckt. Was würde der erzählen, wenn man ihn zu fassen kriegte! Die Folter würde ihm gewiss seine gräulichen Geheimnisse entreißen."

Wir sagten nichts mehr, während der König sich bekreuzigte und von den Knien aufstand. „Die traurige Pflicht ist getan. Wenn es euch genehm ist, kehren wir in den Palast zurück."

„Ja, du wirst sicher hungrig sein, Bruder. Ich habe Hecht bestellt und Rebhuhn, wie du es magst."

„Urraca, meine Liebe, du bist noch immer die vollendete Gastgeberin. Die wahre Königin von Zamora."

Und während wir zum Ausgang gingen – draußen brach das wartende Volk in Jubelrufe aus - nahm Alfonso meine Hand und drückte seine kalten Lippen darauf.

*

In Burgos empfing mich Rodrigo, der das königliche Heer in die kastilische Hauptstadt begleitet hatte. Ohne lange Einleitung fragte er mich: „Hättest du Lust, vor der Krönung mit nach Vivar zu kommen? Ich möchte meinen Vater wiedersehen, und ich könnte dir dabei den Ort zeigen, wo ich geboren bin."

„Nanu, Rodrigo, du wirst doch nicht gefühlsselig werden?"

„Das war ich doch immer schon."

„Nicht dass ich wüsste. Aber ich komme gerne mit."

Wir waren in einer Stunde da. Vivar, am Zusammenfluss von Ubierna und Rioserras gelegen, besteht aus einer Handvoll ärmlicher kleiner Behausungen. Ringsum wachsen Olivenbäume, knorrige Korkeichen, dazwischen, dürr, verloren, unterernährt wirkende Pinien. Schafe rupfen an magerem gelben Gras. Aus den Ställen kommt das Prusten von Kühen und Pferden. In der guten Jahreszeit ist das sicher alles viel freundlicher, aber jetzt im Winter sieht es trostlos aus. Der gurgelnde Ubierna umfließt die Ortschaft, bringt etliche Mühlenräder ins Klappern und drängt sich, von den letzten Regenfällen angeschwollen, zu der stattlichsten der Mühlen, die zum Gehöft der Familie Laínez gehört.

Unter einem Wald von Holzbalken traten wir in die Stube, die voll Zinn, Kupfer, Hirschgeweihe und verstaubtem Steinzeug hing. Rodrigo begrüßte seinen Vater, der vor dem Feuer hockte. Ein gichtgebückter Greis mit einem Kranz wirrer weißer Haare um den kahlen Schädel und wasserhellen Augen, die etwas verloren in die Welt schauten. „Er ist etwas altersverwirrt", flüsterte Rodrigo mir ins Ohr. „Leg also dem, was er sagt, nicht allzu großen Wert bei."

„Solch vornehmer Besuch!", wunderte sich der Alte. „Dass Ruy mal eine Dame mitbringt, und noch dazu so eine hübsche! Soll das heißen, dass wir bald Hochzeitsglocken zu hören kriegen?"

Ich kicherte, halb verlegen, halb beglückt. „Das muss Ruy wissen. Auf jeden Fall, die Auserwählte wird ein sehr schönes Anwesen hier finden."

Während Diego Laínez mich mit zahnlosem Mund verständnislos anstierte, kam die Wirtschafterin mit einer Schüssel voll Fett triefender Krapfen herein. Sie begaffte mich ungeniert, knallte die Schüssel auf den Tisch und verschwand wieder.

Die Männer tranken Bier, ich knabberte an einem Krapfen und tat, als sei es der zarteste Leckerbissen der Welt.

Dann sagte Rodrigo: „Vater, gestatte, dass ich unserem Besuch den Rest des Hofes zeige", ließ den alten Mann in sein Bier sabbern und führte mich hinaus.

In den Wohnräumen glänzten die Terrakottaböden, in den Gesindestuben ratterten die Spinnräder, in der Waschküche schäumte die Lauge, in den Bottichen die Milch. In der Schmiedewerkstatt erklang rhythmisches metallisches Hämmern. Ausgeweidete Schweinekadaver bluteten unter dem Scheunengiebel. Rodrigo umschritt Jutesäcke und ließ prüfend Hirsekörner durch seine Finger rieseln. „Lasst uns in den Garten gehen, meine Liebe."

Ein großer zotteliger Hund, den Rodrigo liebevoll neckte, begleitete uns erwartungsvoll in den Obsthain. Hier gediehen vor allem Mistel und Pilze. Verschrumpfelte Äpfel hingen an den Bäumen, die ihre kahlen Zweige in den diesigen Tag streckten. Von den Humushaufen, die am Boden lagen, kam feuchter, moderiger Geruch.

Wir standen vor dem Mühlensteg und blickten in die Strudel, die um das Wasserrad schäumten.

Über unseren Köpfen raschelte es im Gezweig, und ich sah etwas Blau-Weiß-Schwarzes blitzen. Es musste eine Elster sein. In Gedanken verloren sah ich dem anmutigen Flug des Vogels nach. Rodrigo sagte: „Könntest du dir vorstellen, Herrin dieses armseligen Mühlengehöfts zu sein?"

„Kommt ganz auf den Müller an. Du ziehst doch sicher bald wieder in den Krieg."

„Und du sitzt in deiner Kemenate und lässt dich von Minnesängern umsäuseln. – Ich werde nicht ewig Schlachten schlagen, Urraca. Es kommt der Tag, da sitze ich alt und gebückt am Herd wie mein Vater. Und dann kommt einem eine Klause wie diese wie der Garten Eden vor."

Der Hund schaute hoffnungsvoll zu mir hoch, aber anstatt mit ihm zu spielen, ließ ich es beim Streicheln seines weichen grauen Fells bewenden. „Glaubst du denn, wir haben noch ein Recht, glücklich zu sein?"

„Jeder hat das Recht, glücklich zu sein."

„Und du wirst mir eines Tages alles erzählen."

„Was?"

Ich biss mir in die Lippe. Ihn jetzt zu fragen, wer den verhängnisvollen Hieb geführt hatte, Dolfos oder er, würde vielleicht alles zerstören. Nein, ich musste es machen wie Alfonso: vermuten ohne Fassbares zu haben, ohne vielleicht je zu wissen, wie es wirklich gewesen war.

So sagte ich, ziemlich jäh und zusammenhanglos: „Hat man von Vellido Dolfos wieder etwas gehört?"

„Nein. Er wird wohl in Frankreich oder Italien sein. Ich hoffe es wenigstens."

Er riss einen Zweig ab und warf ihn in den Fluss. Wir sahen seinem Lauf nach, als sei dies die dringlichste Sache der Welt. Ich sagte: „Werden wir vergessen können?"

„Wir müssen. Sonst können wir nicht weiterleben."

„Wird es wieder sein wie zuvor? Oh Ruy, mein Liebster, werden wir wieder zusammenfinden? Wenn ich daran zurückdenke … Wie du … (*unleserlich*) "

Er riss mich in seine Arme, und dort unten am Mühlenfluss flammte unsere Leidenschaft erneut wie eine Feuerlohe auf.

*

Auf dem Rückweg erzählte mir Rodrigo, wie seine Familienfehde mit dem Grafen von Asturien zu Ende kam.

„Ich konnte es meinem Vater nicht erzählen, er hätte es nicht verstanden. Darum habe ich die Sache auf meine Weise auf der Welt geschafft."

„Ihr habt euch tatsächlich jahrelang wegen der paar dürftigen Weiden gestritten?"

„Jahrzehntelang. Land ist kostbar, Urraca, darüber darf man nicht verächtlich sprechen. – Es ist so: Ich habe den Grafen von Asturien in Namen meines Vaters gefordert, und er ist gleich darauf eingegangen."

„Und ihr habt euch geschlagen, du und der alte Mann?"

„Natürlich war kein tödlicher Ausgang vorgesehen. Ich wollte ihn schonen, aber er hat wie wild auf mich eindroschen. Du hättest sehen sollen, wie die Augen des alten Kampfhahns leuchteten! Ich beschloss, kurzen Prozess zu machen, und fuhr ihm mit meiner Degenschneide übers Handgelenk. Als er das Blut sah, sagte er: ‚Oh!' und verneigte sich. Er hatte Satisfaktion, und der Händel war aus der Welt geschafft."

„Und ihr seid jetzt die besten Freunde der Welt."

„Nicht gerade, aber dem König ist Genüge getan. Der Graf und ich können uns bei der Krönung gegenübertreten, ohne gleich die Messer zu ziehen oder uns gegenseitig mit Beleidigungen zu überhäufen."

„So einfach war das." Ich seufzte. „Warum können nicht alle Probleme auf diese Weise gelöst werden?"

*

Ein Problem gab es noch, das uns alle zu schaffen machte. Sobald er hörte, dass Alfonso im Bruderkrieg gesiegt hatte, war García von Sevilla angereist und hatte Alfonso um eine Unterredung gebeten, die dieser ihm nicht abschlagen konnte. García fiel zuerst hemmungslos über Sancho her, dann forderte er ohne Umschweife, wieder in seine Rechte als König von Galizien eingesetzt zu werden.

Alfonso beriet sich mit seinen beiden Schwestern, was in dieser Familienangelegenheit zu tun sei. „Ich habe ihn auf die Burg von Luna bringen lassen", sagte er, „doch was soll weiter mit ihm geschehen? Ihn wieder zum König von Galizien zu machen kommt nicht in Frage. Er hat alle durch seinen Hochmut und seine Frömmelei gereizt, er konnte keine Entscheidungen treffen und war auch sonst des Regierens unfähig."

„Aber er ist unser Bruder", gab Elvira zu bedenken.

„Das war Sancho auch", murmelte ich.

„Das ist kein gutes Beispiel, Schwester", rügte Elvira.

Alfonso zog ein Schriftstück heraus und entfaltete es. „Diesen Brief, den ich in den königlichen Archiven fand, hat García kurz vor der Schlacht von Golpejera an Sancho gerichtet. Er sagt, dass er ewig in Sanchos Diensten stehen werde, wenn Sancho ihm seine Krone wiedergeben würde. Und dass er ihm gerne zur Seite stünde, wenn Sancho erwägen sollte, den … so heißt es wortwörtlich ... Messdiener Alfonsito unschädlich zu machen."

Alfonso rollte das Schriftstück wieder zusammen, und wir schwiegen eine Weile. Dann sagte ich : „Ich denke, unter diesen Umständen ist es besser, wenn García auf Schloss Luna bleibt."

*

Alle Städte und Stände von Kastilien und León hatten Gesandte geschickt. Von den maurischen Fürsten der *taifas* Toledo, Badajoz und Sevilla waren kostbare

Geschenke gekommen. Am meisten Aufsehen erregte ein Kamel, das würdevoll und völlig unbeeindruckt durch die staunende Menge schritt.

In der Kirche Santa Gadea von Burgos ließ Alfonso sich von Bischof Simón die Krone aufs Haupt setzen. Kaum reichte der kleine Raum, um sämtliche Zeugen des feierlichen Augenblicks aufzunehmen. Von allen war ich vermutlich am ergriffensten. War dies nicht der Höhepunkt nicht nur im Leben meines Bruders, sondern auch in meinem eigenen? Und es war der unanfechtbare Beweis, dass alle Mühen und Fährnisse nicht vergeblich, sondern gerechtfertigt gewesen waren.

Nach der Krönung blieb Alfonso aufrecht vor dem Altar stehen. Alle Augen waren auf ihn gerichtet. Ein Diener brachte eine Bibel, die er auf den Altar legte. Alfonso – wie prächtig wirkte er mit der glitzernden Krone auf dem Kopf, dem hermelingefütterten Samtmantel um die Schultern – sagte mit lauter Stimme:

„Ehe Ihr mir Treue schwört, halte ich darauf, meinerseits einen Eid abzulegen, der jegliche Zweifel und Makel an der Rechtmäßigkeit meines Thronanspruchs aus dem Weg räumen soll. Ich Alfonso VI., von Gottes Gnaden ..." Er legte die Hand auf die Bibel. „...König von Kastilien, León, Asturien und Galizien, schwöre, dass ich an dem Mord an meinem Bruder und Vorgänger Sancho keinerlei Anteil hatte, dass ich nichts von der Untat wusste noch sie in Auftrag gab oder in irgendeiner Weise darin verwickelt war. Sein Blut komme über die, die es vergossen haben, ich aber bekenne mich ledig jeder Schuld. Dies schwöre ich bei den heiligen Evangelien, so wahr mir Gott helfe."

Während er die Hand zurückzog, brandete es ihm aus dem Kirchenschiff entgegen: „Lang lebe König Alfonso!" Mich durchlief es siedend heiß. Wie durch einen Schleier sah ich der Reihe nach die Würdenträger des Reichs zum Altar schreiten, vor Alfonso niederknien und ihm huldigen. Zuerst kam, als erster Diener des Staates, Pedro Ansúrez, dann seine drei

Brüder. Nachdem sie den Eid geschworen hatten, küssten sie die Hand des Souveräns, und er küsste sie auf die Wange. Den Ansúrez-Brüdern folgten die Mitglieder der Arias-Familie. Arias Gonzalo war so gerührt, dass er die Zeremonie nur mit Not zu Ende bringen konnte. Nachdem er mit zitternder Stimme seinen Spruch gestammelt und bebend die königliche Hand geküsst hatte, brach er in Alfonsos Armen in Tränen aus. Seine Söhne Diego und Rodrigo stützten den alten Mann, dann schworen auch sie ihrem König Treue.

Als Nächster kam der Graf von Asturien. Während er den Eid leistete, hob er eitel seinen linken Arm, an dem eine noch unverheilte rote Wunde leuchtete. Danach folgte Diego Ordóñez de Lara, der wacker Kämpe und Verteidiger der Ehre Kastiliens. Ihm drückte Alfonso einen besonders herzlichen Kuss auf die Wange.

Die Reihenfolge der Würdenträger, die vor den Altar traten, war nicht ohne Bedeutung und ein deutliches

Signal, wer in Zukunft eine Rolle am Hof spielen würde. Daher rief es einiges Erstaunen hervor, dass die Reihe jetzt an Graf García de Cabra war, von dem man wenig wusste, außer dass er seit Jahren mit meiner Schwester Elvira zusammenlebte. Wer allerdings die Zusammenhänge kannte, wunderte sich nicht.

Dass erst jetzt der *Cid Campeador*, immerhin erster Bannerträger und Hauptbefehlsführer des Reiches, aufgerufen wurde, war jedoch außergewöhnlich. Ro drigo, der mit großer Anspannung gewartet hatte, schnellte vor und fiel auf die Knie. Alfonso nahm seinen Schwur und den Handkuss huldvoll entgegen. Auch legte er seine Arme um Rodrigo, doch als dieser ihm seine Wange hinhielt, wandte der König sich ab.

Ein Raunen ging durch die Menge, und mir war, als müsste ich im Erdreich versinken. Doch schon nahte Álvaro Fáñez, Rodrigos Neffe und Kampfgefährte. Ihm verweigerte der Herrscher den Wangenkuss nicht, und wieder raunte die Menge.

Die Huldigungszeremonie zog sich mehrere Stunden hin. Dann wallten gewaltige Weihrauchschwaden hoch, die Glocken läuteten, und wir strömten hinaus, um uns der jubelnden Bevölkerung zu zeigen.

*

Der Feier in Santa Gadea schloss sich ein Festmahl an, zu dem nur die Vertrauten des Königs und seine höchsten Würdenträger geladen waren. Natürlich nahmen Elvira und ich die Ehrenplätze an Alfonsos Seiten ein. Wie aus den erlesenen Speisen und Weinen ersichtlich, hatte man an Ausgaben nicht gespart.

Zwischen Fisch und Geflügel wischte der König sich die Finger an einem kunstvoll bestickten Seidentuch ab und ließ sich eine Perlenkette reichen, eins der Prunkstücke des maurischen Tributes. Alle Augen ruhten bewundernd auf den Kleinodien.

Zu mir gewandt, sagte Alfonso: „Man sagt ja, dass Perlen Unglück bringen. Du aber, Urraca, liebste Schwester, bist über solchen Aberglauben erhaben, wie du ja auch über anderen menschlichen Schwächen stehst. Nimm also als Ausdruck meiner brüderlichen Liebe und in Anerkennung deiner vergangenen Verdienste um die Krone diese Gabe an."

Mit diesen Worten beugte er sich vor und legte mir die Kette um den Hals. Ich konnte nur flüstern: „Welch wunderbares Geschenk. Tausend Dank, mein Bruder und König."

Die Anwesenden taten, als gäben sie sich uneingeschränkt ihren Gaumengenüssen hin, über den Schüsseln und Platten fiel mir aber manch missgünstiger Augenaufschlag auf.

Es wurde weitergeschmaust. Ein Troubadour schlug seine Laute und stimmte ein nicht enden wollendes Lied über die Helden des griechischen Altertums an. Da ich noch in Gedanken mit der Perlenkette beschäftigt war, die an meinem Hals funkelte, hörte ich kaum hin. Alfonso reichte mir die Platte mit dem Braten weiter, und ich sah, dass seine Augen kurz mit einer Mischung aus Zärtlichkeit und Wehmut auf mir ruhten. Ich bediente mich hastig vom Rindfleisch und wandte meine Aufmerksamkeit der Weise zu, die, das bemerkte ich erst jetzt, das Schicksal von Orestes und Elektra besang.

Die Tafelfreuden nahmen kein Ende. Einige fraßen, als hätten sie monatelang nichts zu essen bekommen, andere wischten sich, bevor sie weiterprassten, die Hände am Tischtuch ab, und noch Feinsinnigere tunkten ihre Finger delikat in die mit Rosenparfum angereicherten Wasserschalen.

Zwischen Wildschwein und Artischocken schaute Alfonso nach links und sagte: „Elvira, liebe kleine Schwester, es geziemt sich nicht für eine Frau, der so viele Klöster unterstehen, dass sie in wilder Ehe lebt. Ich wünsche daher, dass du so bald wie möglich den Grafen de Cabra zum Mann nimmst."

In freudigem Schrecken fiel Elvira die Wildschwein-keule aus den Zähnen. Von ihren mit Tunke besprit-zen Lippen kam es gurgelnd: „Welch große Gnade … Ich danke dir, lieber Bruder."

Erregung kam auch in mir hoch. Wenn er Elvira die Heirat gestattet, wer weiß, vielleicht hat er dann auch Erbarmen mit mir?

Jedoch, die Hoffnung wurde erbarmunglos zunichte, als Alfonso sich zwischen Gemüse und Süßspeise an den *Cid* wandte: „Don Rodrigo, jetzt, da der Händel zwischen den Häusern Díaz und Gómez bereinigt ist, soll die Versöhnung ein weiterer Schritt besiegeln. In Anerkennung Eurer Dienste gedenke ich Euch eine besondere Ehre zu erweisen: Ich biete Euch die Hand unserer Base, Doña Jimena von Asturien, an."

*

Die Trauung fand in der Kathedrale San Miguel von Palencia statt. Wir mussten alle daran teilnehmen und dem jungen Paar gratulieren. Aber so jung war es nicht mehr: sie dreißig, er zweiunddreißig.

Jimena hatte sich zuerst geziert, da sie ihren Bräutigam für nicht standesgemäß hielt. Als tapferster Streiter des Reiches hatte Rodrigo aber einen der höchsten militärischen Grade inne: Einen solchen

Mann konnte selbst eine Nachfahrin der Fürsten von Asturien nicht zurückweisen. Es wurde dann doch noch eine glückliche Ehe, die mit einem Sohn und zwei Töchtern gesegnet ist.

Kurz nach der Heirat verbannte Alfonso den *Cid*. Anscheinend weil er bei militärischen Operationen zu eigenmächtig gehandelt hatte. Oder neidete ihm mein Bruder ganz einfach seine kämpferische Bravour und seine Beliebtheit (auch bei Frauen)?

Den Hang zu verwegenen eigenmächtigen Aktionen behielt Rodrigo denn auch. Er ging zum Fürsten von Zaragoza, um ihm zu dienen, dann stellte eine Söldnertruppe zusammen, mit der er

maurische und christliche Verbände angriff und ausraubte. Mit seinem auf Heeresgröße angewachsenen Trupp nahm er Valencia ein, nachdem er es neun Monate belagert hatte. Seitdem sitzt er dort wie ein König und herrscht mit harter Hand. Bereits während der Belagerung ließ er ausgehungerte Valencianer, die zu ihm überlaufen wollten, lebendig verbrennen, und als die Stadt erobert war, befahl er, Valencias Herrn Ibn Jahhaff, dem er freies Geleit zugesichert hatte, grausam zu foltern und nach maurischer Art zu Tode zu steinigen, weil er ihm das Versteck seiner Schätze nicht verraten wollte.

Rodrigo, der mein beflissener und einfühlsamer Page war, ist ein rücksichtsloser Tyrann geworden, der nur tut, wonach ihm der Sinn steht. Aber damit passt er sich lediglich den allgemeinen Sitten an.

Alfonso, obwohl auch er in seinem Innersten ein feinfühliger und friedfertiger Mensch, hat viele Kriege geführt. Er hat Toledo, Segovia und Salamanca erobert. Den maurischen und jüdischen Einwohnern dieser Städte hat er freie Religionsausübung gestattet. Man nennt ihn jetzt *El Bravo* – den Tapferen. Das Reich, über das er herrscht, wird im Norden nur von der Biskaya und dem Ebro begrenzt und stößt weit nach Süden vor. Alfonso kann mit Fug und Recht behaupten, dass ihm ganz Spanien untersteht: ein Vaterland, auf das man stolz sein darf.

Er hat fünf Mal geheiratet und hat doch nur eine Tochter von seiner französischen Frau Constanza: Urraca, die nach mir benannt ist. Als Frau und seine Nachfolgerin wird sie in einer von Männern beherrschten Welt keinen leichten Stand haben. Ich zweifle aber nicht, dass meine Nichte, die wie ein unerschrockener schwarz-weißer Vogel heißt, sich durchsetzen wird.

Unser Bruder García ist nach siebzehn Jahren Gefangenschaft auf der Burg Luna gestorben. Eigentlich hat er dort recht behaglich gelebt, aber wenn er Besuch erhielt, ließ er sich Ketten anlegen, um zu zeigen, wie schändlich man ihn behandelte. Er bestand auch darauf, mit seinen Ketten beerdigt zu werden, in San Isidoro in León, wo wir ihm das letzte Geleit gaben. Es ist dies etwas, dessen ich mich nicht brüste, aber was hätte ich unter den gegebenen Umständen tun können?

Elvira, die seit einigen Jahren Witwe ist, hat sich in ihr Lieblingskloster Tábara zurückgezogen: dick und

fromm geworden, aber immer noch den guten Dingen des Lebens zugetan. Verurteilen kann ich sie
nicht. Ich denke, wir beiden erzwungenen Bräute
Christi haben das Beste aus unserer Lage gemacht.

Nur weil ich mir sicher bin, dass niemand diese Zei-
len lesen wird, habe ich die Geschichte meines Lebens niedergeschrieben. Was ich im Beichtstuhl nicht
preisgeben kann, steht jetzt auf Pergament. Ich habe
meine lichten und dunklen Stunden festgehalten,
meinen Glauben und meine Schuld. Dass ich geliebt
und entsagt habe. Dass, da ich sie nicht haben
konnte, ich meinen beiden Männern nicht nachtrau-
ere. Und ihnen nichts nachtrage. Wer weiß, vielleicht
gilt auch für mich das Lukasevangelium, in dem es
heißt, der reumütigen Sünderin wurde verziehen,
weil sie viel geliebt hatte?

Durch meine Hingabe an meine Klöster trachte ich,
wenigstens einen Teil meiner Schuld abzutragen.
Kümmere ich mich nicht um das teure Zamora, bin
ich unablässig von einer Ecke Spaniens zur anderen

unterwegs. Dort lasse ich mich von Minnesängern umsäuseln, hier stimme ich in den Chorgesang der Ordensfrauen ein. Meine Nonnen sind meine Töchter. Fehlen sie oder wirtschaften sie schlecht, zeige ich mich als strenge Gebieterin. Gemeinschaften, die sich vorbildlich verhalten, können jedoch meiner Fürsorge – und meiner großzügigen Schenkungen sicher sein.

Den Eifer in religiösen Dingen habe ich mit meinem Bruder dem König gemeinsam. Wir sehen uns selten, schreiben uns aber regelmäßig. Ja, ich bin stolz darauf, dass mein Vertrauter und Zuchtmeister sich gerne meinen Rat einholt, wenn es zum Beispiel darum geht, einer Kirche oder einem Kloster eine Schenkung zu machen, oder Abt Bernard von Sahagún, der jetzt Erzbischof von Toledo ist, zu maßregeln, weil sein Begriff von der religiösen Toleranz sich mehr nach Rom orientiert als nach dem alfonsianischen Ideal der Glaubensfreiheit.

Nun, die Franzosen waren immer schon Chauvinisten *(Anmerkung von Lidia Pidal: freie Übersetzung)*, ich aber unterstütze meinen Bruder voll und ganz in seiner Glaubensreform. Dass der Gottesdienst in unseren Kirchen nicht mehr nach mozarabischem, sondern römisch-katholischem Ritus gefeiert wird, macht aus uns vollwertige Glieder der großen umfassenden christlichen Gemeinde.

Mehr gibt es wohl nicht zu sagen. Mögen die verschwiegenen Mauern meines lieben Klosters von *(Lücke im Text)* alle Geheimnisse der Infantin Urraca auf ewig wahren. Wenn dieses Pergament zerfällt, werde auch ich zu Staub geworden sein.

Mein Bruder Sancho liegt unbeweint im Kloster San Salvador von Oña. Mein Bruder Alfonso gedenkt seine letzte Ruhestätte bei seinen verehrten Benediktinern von Sahagún zu haben. Ich Urraca, Infantin von Kastilien-León und Herrin von Zamora, werde inmitten der Meinen in der Basilika San Isidoro beigesetzt werden. Hier, unter den Blicken der steinern

Tiere und der gemalten Engel, will ich dem Jüngsten Tag entgegenharren und einem Richter, der, so hoffe ich, mir armen Sünderin gnädig sein wird.

Zeitfracht Medien GmbH
Ferdinand-Jühlke-Straße 7
99095 Erfurt, Deutschland
produktsicherheit@kolibri360.de